サリー・ガードナー
三辺律子 訳

マザーランドの月

maggot moon

小学館 | SUPER! YA

MAGGOT MOON
by Sally Gardner

Originally published in the English language as Maggot Moon
By Hot Key Books Limited, London

Japanese translation published by arrangement with Hot Key Books Limited
through The English Agency (Japan) Ltd.

装画・本文イラスト／五十嵐大介
装丁・デザイン／城所潤・大谷浩介(ジュン・キドコロ・デザイン)

1

もしなにかがちがったら、とおれは考える。
もしサッカーボールが塀《へい》の向こうへいってなかったら。
もしヘクターがそれを探しにいかなければ。
もし彼がおそろしい秘密をだれかに打ち明けていれば。
もし……。
そしたらきっと、おれも別の話を語ってただろう。
な、「もし」ってやつは、星みたいに無限なんだ。

2

前の担任のコナリー先生はいつも、話を書くときは、ちゃんと最初からはじめるようにって言ってた。向こう側がよく見えるきれいな窓みたいに書けって。でも、先生が本気で言ったとは、思ってない。だれも、そう、コナリー先生だって、よごれたガラスの向こうに見えるものについて書いたりしない。外を見ないのがいちばんいい。でも、見なきゃいけないなら、せめて口を閉じてることだ。おれだって、この話を書きとめるほどバカじゃない。紙になんて書くわけない。

だいたいたとえ書けたとしても、書けない。

自分の名前だって、書けないのに。

スタンディッシュ・トレッドウェル。

おれは字が読めないし、書けない。

スタンディッシュ・トレッドウェルは、頭がよくない。

コナリー先生だけだ、スタンディッシュがみんなとちがうのは独創的だからよって言ってくれたのは。ヘクターにそのことを話すと、笑ってた。笑って、おれはすぐ気づいたけどね、って言った。

「世の中には、線路みたいに一本線でしかものを考えられないやつと、スタンディッシュ、おまえみたいなやつがいるんだ。想像の公園をふきぬけていく風みたいなやつが」

おれはそのときの言葉を、くり返してみた。「それから、スタンディッシュがいる。公園をふきぬけていく想像力を持ったスタンディッシュが。ベンチには気づかないのに、あるはずの犬のふんがないことに気づくようなやつが」

3

校長からのメモが教室にとどけられたとき、おれは授業をきいてなかった。ヘクターといっしょに、海の向こうの都にいってたからだ。その都は別の国にあって、建物はどこまでも高くそびえ、雲をつきぬけてる。そこでは、太陽はあざやかな色でかがやいてる。けっしておれたちには手のとどかない、虹《にじ》の果ての生活。やつらが言ってることなんて、信用しない。おれはテレビで見たんだから。その都の人たちは街中で歌ってるんだ。それどころか、雨の中でも歌ってる。歌いながら、街灯のまわりをおどりまわるんだ。

でも、こっちは闇《やみ》の時代だ。おれたちは歌わない。

それは、ヘクターとヘクターの家族が消えて以来、最高の白日夢《はくじつむ》だった。いつもは、ヘクターのことを考えないようにしてた。代わりに、もっぱら〈おれたちの星〉にいるところを想像した。ヘクターとおれがつくりだした星、ジュニパー星だ。ヘクターのことを考えて、ヘクターはどうなったんだろうって、心配で頭がおかしくなりそうになるよりそっちのほうがずっと楽だから。

ただ、今回のは、最高だったんだ。こんな最高の白日夢《はくじつむ》はひさしぶりだ。まるでヘクターが、前みたいにそばにいるような気がした。おれたちは、例のでかいアイスクリーム色のキャデラックに乗って、星じゅうを走りまわってた。革のにおいまでしそうだった。ブライト・ブルー、スカイ・ブルー、レザーシート・ブルー。ヘクターはうしろに乗ってる。おれは下までおろした窓のわくに腕をかけ、もう片方の手でハンドルをにぎり、家までつっ走る。家にはピカピカの台所があって、チェックのテーブルクロスの上にはコッカ・コーラスがおいてあって、庭の芝生《しばふ》は掃除機《そうじき》をかけたみたいにつるつるだ。

そのときだった、ガネル先生に名前を呼ばれてるような気がしたのは。

「スタンディッシュ・トレッドウェル。校長室に呼び出しだ」

コンチクショウ！　こうなるってわかってなきゃいけなかったのに。ガネル先生のムチでたたかれると、目がヒリヒリする。手の甲《こう》を思い切りたたくから、名刺代《めいし》わりのあとが残る。二本の細くて赤いミミズばれが。先生は背は高くないけど、腕の筋肉は、腕の見せどころだって腕まくりして腕自慢するマフィアのボスの右腕なみだ。髪はかつらで、まるで生きてるみたいに、あせでてらてらしてる頭にしがみついてる。顔のほかの部分も、たいして見かけに貢献《こうけん》しちゃいない。鼻の下には、鼻くそみたいな黒い口ひげがはえてる。笑うのは、ムチを使うときだけ。笑うと口のはしがこわばるせいで、ひからびたヒルみたいな舌《した》がつき出る。よく考えると、あれを笑うって表現するのはまちがってるかもしれない。ただくちびるがひん曲がるってだけだろう。やつの大好きなスポーツ、つまり、人をいためつけることを考えるとうれしくてひん曲がるんだ。ムチがあたる場所なんて、考えちゃいない。肉にあたって、相手がビクンとすりゃ、それでいいんだ。

わかるだろ。だから、人が歌うのは、海の向こうの話なんだ。

ここは、とっくに闇《やみ》におおわれてるから。

4

でも、なによりおれを傷つけたのは、ムチじゃなかった。自分がはるか遠くへいっちまってたってことだ。ガネル先生が近づいてくるのも見えてなかった。先生の机からおれのところまでは長い助走路があるのに。つまり、おれはいちばんうしろの席だから。黒板なんて、はるか遠くの別の国にあるようなもんだ。黒板の字は、おどりまわるサーカスの馬で、おれが理解するまでじっとしていちゃくれない。

おれに読めるのは、月の写真の上におされたはんこの、でかい赤い字だけだった。平手打ちを食わせるんだ、その文字は。

マザーランド。

おれは頭が悪くて、線の入った用紙にきちんと収まるような人間じゃないから、ずっと教室のうしろにすわってた。それが長かったから、今じゃ、自分がほとんど見えない存在になれるのを知ってる。ガネル先生のマフィアのボスの右腕の腕がちょいと運動を必要としてるときだけ、おれは先生の視界に入る。

そのときだけ、おれは赤い怒《いか》りに染まる。

5

もうのがれようがない。すっかり油断してた。ヘクターにたよるのになれちまってたんだ。悪いことが起こりそうなときは、いつもヘクターが教えてくれた。さっきの白日夢《はくじつむ》のせいで、本当はヘクターはいないってことを忘れてた。おれは一人だってことを。ガネル先生はおれの耳をつかむと、ぎゅっとつねった。目いっぱいつねられ、涙がじわっと出る。でも泣かなかった。おれは泣かない。涙がなんの役に立つ？　じいちゃんは、一度泣き出したら、止められそうもないって言う。泣きたいことが多すぎるから。じいちゃんの言うとおりだと思う。塩水を流したって、泥《どろ》の水たまりになるだけだ。涙はあらゆるものをあふれさせる。のどをかたまりでふさぐ。悲鳴をあげさせる。そう、涙ってやつは。言っとくけど、マジできつかったんだ、耳を引っぱられたのは。おれは必死でジュニパー星のことを考え続けようとした。ヘクターとおれだけが存在を知ってる星。おれたちはおれたちの宇宙計画をスタートさせようとしてた。そう、二人だけで。そして、世界は目覚めるんだ、この宇宙に存在するのは自分たちだけじゃないって。おれたちはジュニパー星人と連絡を取り合う。ジュニパー星人はなにが正しくてなにがまちがってるか知ってるから、〈アオバエ〉も革コートの男もガネル先生もやっつけて、まっ暗な忘却《ぼうきゃく》のクソんなかに送りこんでくれる。

おれたちは、月にいくのはやめようって決めてた。だれがいくもんか。まっさらな銀色の月面に、マザーランドが赤と黒の旗を立てようとしてるときに。

6

ガネル先生はおれをきらってた。個人的理由ってやつらしい。ガネル先生は、なんでもそれだ。先生個人にしてみりゃ、おれは先生の知性に対する侮辱《ぶじょく》だ。先生の秩序《ちつじょ》と良識に対する侮辱《ぶじょく》。おれの存在そのものが侮辱《ぶじょく》だと、みんなによくわからせるためだけに、先生はおれのネクタイをほどいた。そして例の笑いをうかべ、舌《した》をちょろっと出し、おれの背後で教室のドアをぴしゃりと閉めた。

ムチ打ちは問題なかった。手がまだズキズキしてるのも、まあ、よかった。耳を引っぱられたのは、少々気に食わなかったけど。校長のことすら、たいして心配しちゃいなかった。そのときは、なにが本当の問題なのか、わかってなかった。それがどんなにおれん中に深く巣くってるかも。

でも、もしかしたら、ガネル先生にネクタイをほどかれたとき、うっすら感じたような気もする。おれはだめなやつだ。つまり、おれはネクタイを結べないし、先生もそれを知ってる。

ネクタイは、ずっとほどいてなかった。自己最高記録の一年間。結び目が完璧《かんぺき》なままもてた期間としては、いちばん長い。実際、生地はすっかりてかてかして、ちょうど頭が通るぶんだけ広げるときも、そのあとシュッと上までしめるときもなめらかに動かせたから、おれはいつもピシッとしてた。そのピシッてのが、たいせつだったんだ。ネクタイがあのままたもてたのは、ヘクターのおかげだ。ヘクターは、ほかの男子がおれにちょっかい出すのを許さなかった。おかげで、拷問《ごうもん》のような日々はむかし話になったって、おれは信じてた。

でも、首つり縄《なわ》のクソネクタイがほどけたせいで、おれは壁を床《ゆか》まですべりおちていくような感じがして、もうダメだって思って、今度こそ涙にちょっと出番をやろうって気になりかけた。なぜなら、これだけはできないから。つまり、ネクタイなしで校長室へいくことはできない。それくらいなら、窓の外に身を投げたほうがましだ。で、落ちるとちゅうでほどけたんです、って言う。脳《のう》しんとうを起こして、結び方を忘れてしまったんです、とか。

本当はわかってたと思う。正直に言えば、そのときすでに、問題はネクタイとか結び目がほどけたとか、そんなことじゃないってわかってた。おれがたえられないのは、ヘクターがいなくなったことだって。やつらがヘクターをどこに連れていったのかさえ、わかれば。ヘクターが無事だってことさえわかれば。そうすりゃ、腹の中のねじれも、そう、毎日どんどんきつくなってくねじれも、なくなるのに。

7

ネクタイは別のことを象徴《しょうちょう》してるんだ、ってヘクターは言ってた。犬の首につける首輪といっしょだって。おれたちがなにかの一部にすぎないことを表わしてる。制服はおれたちをみんな同じにして、ただの数字にするのさ、とヘクターは言った。整然とした少年の形の数字にして、帳簿《ちょうぼ》に記入できるように。ヘクターは整然とした数字じゃなかったから、消されちまったんだと、おれは思う。だけど、はっきりとはわからない。おれにわかるのは、ヘクターは正しかったってことだ。きちんとしめられたネクタイは、「生き残れる《サバイバル》」ってことを象徴《しょうちょう》してる。

そして今、おれは絶体絶命だ。ネクタイはほどけ、シャツのボタンはかけまちがってて、靴ひもは役立たず。おれは整然としてない。

8

ろうかは、消毒剤《しょうどくざい》と牛乳と男子のションベンとみがき剤《ざい》のにおいがした。蛍光灯《けいこうとう》は、さびしさに似ている。明るすぎて、なにもかもをさらけ出す。空白を十倍にして、ヘクターがいないってことをおれに思い知らせる。事務所のガラス戸がバタンと開いて、監視員《かんしいん》のフィリップス先生がカップを持って出てきた。

「なにしてるの、トレッドウェル？」

先生はきまじめできつい声をしてる。でも、みんなと同じように給食の列に並んで、おまけのぶんをもらってるのを見たことがある。先生はろうかの向こうへさっと目を走らせ、時計みたいにゆっくり回転してるカメラのほうを見あげた。そして、そのすべてお見通しの目が別のほうを向いたとたん、ひと言も言わずにおれのネクタイを結びなおし、シャツのボタンをはめなおした。そしてもう一度、カメラのほうを確認すると、くちびるに指をあて、カメラがこっちにもどってくるのを待って、さっきと同じきまじめな声で言った。

「いいでしょう、トレッドウェル。学校へは、毎日そういうふうにしてきなさい」

ゆで卵みたいにおかたいフィリップス先生のまん中に、こんなふわふわのやさしいところがあるなんて、思ったこともなかった。

9

校長室の外には、椅子《いす》がおいてあった。かたい木のベンチで、ケツが痛くなるし、ちょっと高すぎる。それが、この椅子《いす》のすごいところだ。ここにすわってると、自分なんて小さくてちっぽけだって気になる。足がぶらぶらするし、ひざの裏はすれて赤くなる。聞こえるのは、クラスメートたちが息をひそめてる音だけ。

おれはそこにすわって、ベルを待った。ベルは、ヘルマン校長が呼んでいるという合図だ。じっとすわって待つ。時間がしたたり落ちていく。

ヘクターが転校してくる前は、この学校が大きらいだった。学校が発明されたのは、ひからびた犬のクソサイズの脳《のう》みそしかない連中が、おれみたいなやつをしこたまなぐるためだと信じてた。おれみたいに、左右別々の色の目をしたガキを。片目はブルー、もう片方の目はブラウン、十五歳のクラスでたった一人、読み書きができないっていうありがたくない名誉《めいよ》の持ち主。

ああ、おれもわかってる。

スタンディッシュ・トレッドウェルは、頭がパー……。

弱い者いじめのアホどもは、何度この歌を歌っただろう。アホどもをたきつけるのは、拷問《ごうもん》部屋のリーダー、クソ野郎のハンス・フィルダー。やつは、自分が重要人物だってよく知ってた。おつむパーフェクトの、教師のお気に入り。ズボンはいつも長ズボンだ。やつの取り巻きも同じ。いいか、バケツいっぱいの泥《どろ》とひきかえに教えてやる。おれの学校で長ズボンをはいてるやつは多くない。自分は有力者と同じ、高みにいるって思ってる連中だけだ。チビのエリック・オーウェンはおれたちと同じで半ズボンをはいてたが、ズボンを長くするために、ハンス・フィルダーにやれと言われたことはすべてやった。チビのエリックが犬なら、テリアだったにちがいない。

エリックの主な仕事は、毎日おれが帰る方向を見張ることだった。それで、ハンス・フィルダーと取り巻きに合図を送る。連中は、なんでもいいから夢中になれることが必要だったんだ。で、狩りが始まる。結局最後はつかまって、毎回クソミソになぐられた。やり返さなかったわけじゃない。実際、やり返した。でも、相手が七人じゃ、どうしようもない。

初めてヘクターに会ったのも、そういう日だった。おれは学校の近くの古い鉄道トンネルに追いつめられた。ハンス・フィルダーは、これでつかまえたも同然だと思っただろう。もうにげられない。にげるなら、死ぬのは覚悟《かくご》だ。なぜなら、トンネルのつきあたりに標識があるからだ。字が読めなくたって、書いてあることくらいわかる。どくろの絵がついてるんだ。近づきゃ、死ぬってことだろ？

でもその日、クソみたいなトンネルでハンス・フィルダーたちにあざけられ、石を投げられ、おれは決意した。標識の向こうの草むらにかけこんで、いちかばちか悪魔と対決したほうがマシだって。鉄条網《てつじょうもう》とか柵《さく》で仕切られてるわけじゃない。あの標識が、カカシ千体分のきき目を持ってるだけだ。

おれは死に物ぐるいで走り、標識の横をぬけてその先へ飛びこんだ。きっと〈アオバエ〉の軍の射撃訓練場《しゃげきくんれんじょう》だろうって思ってた。だから、少なくともすぐに終われるはずだって。母さんと父さんはもういないし、じいちゃんも……いや、じいちゃんのことは考えないようにした。その場では。じいちゃんだけがまだ、重力みたいにおれを引っぱってたから。ハンス・フィルダーたちも追いかけてくるだろうと思って、ふりかえった。でも、ぼんやりとした影が遠のいていくのが見えた。

オークの大木の横までできて、やっと足を止めた。息が切れて、めまいがする。呼吸が落ち着いてきて初めて、自分がやらかしたことへの自覚がわきあがってきた。しばらく待ってみた。〈アオバエ〉どもが現われたら、両手をあげて、自首するしかない。

地面に腰《こし》をおろした。心臓が、ふっとうした湯の中で鍋《なべ》にあたりまくってる卵みたいに暴れてる。そのときだった。おれがそれを見たのは。赤いサッカーボール。しぼんでることはしぼんでるけど、無傷だ。おれはボールを学校かばんの中につめこんだ。勇気へのごほうびだ。しかも、ごほうびはそれだけじゃなかった。使われなくなった線路にそってさらに奥までいくと、実をいっぱいにつけてうめいてるラズベリーの木があったんだ。シャツをぬいで、そでとそでをしばり、もう一つぶも入らないってところまでつめこんだ。そのあいだじゅう、今にも〈アオバエ〉に肩をたたかれるんじゃないかってビクビクしてた。

シャツがいっぱいになったころには、線路ぞいにのびてる塀《へい》のそばまできていた。この塀《へい》をひと言で説明すると、「ナンコウフラク」だ。難攻不落《なんこうふらく》なんて書けないけど、おれは言葉自体はいっぱい知ってる。言葉を集めてるんだ。口の中で発音するとあまい味がするから。

この塀《へい》はじいちゃんとおれんちの庭に面してたけど、めちゃめちゃ高いから、うちから反対側はなにも見えなかった。まさか、こんな花の咲《さ》き乱れる自然の草地がかくれてたなんて。蝶《ちょう》がダンスをおどってる。自然が舞踏会《ぶとうかい》を開いて、ないしょのＶＩＰ《ビップ》客だけ招待しましたって感じで。蝶《ちょう》を見たのは初めてだった。マジで、あんまりきれいで、目がひん曲がった。つまり、思ったんだ。もし全人類が穴ん中に消えちまったとしたら、祝いのパーティーを開くのがだれか、おれにはわかるって。

どうしてここでやめるんだ、スタンディッシュ？　おまえはラズベリーもサッカーボールもとった。花もとりゃいいだろ？

ほんとにバカだ。この時点まで、空想でいっぱいのおれの頭にはちらともうかばなかったんだ。どうやって塀《へい》を乗りこえるかってことが。おれは穴のあいたボートでクソの川にいて、みるみるしずんでいこうとしてる。なにを言いたいかっていうと、つまり、塀《へい》を乗りこえることはできない。問題は高さじゃない。てっぺんについてるガラスだ。動脈をぶった切るようなやつ。塀《へい》を乗りこえて、なおかつまだ手が二本ある保証はない。

チクショー、最低だ。選択肢《せんたくし》はふたつしかない。ひとつはきた方向にもどる。だが、その気はない。もうひとつは……。

……スタンディッシュ、ほら、言えよ。もうひとつはなんだ？

10

レンガ塀《べい》はうちのある通りのつきあたりで終わってた。つきあたりには丘があって、てっぺんに、でかくて役立たずの館《やかた》がたってる。子どものころは、巨人のおもちゃブロックでできてるって信じてた。ほかのものと、尺度《しゃくど》がぜんぜんちがうんだ。じいちゃんは、あそこはのろわれてるって言ってた。

おれが今から話すのは、本当にあったことだ。はるかむかし、あるおつむの切れる男が女王をしのぶ記念行事をしようと思いついた。しのぶのは戦争だったかもしれない。どっちか思い出せないけど、どっちにしろ、今じゃ両方ともすっかり忘れられてる。じいちゃんは地元の歴史を研究するのが好きなんだけど、じいちゃんによれば、さらにもっとむかし、丘のてっぺんに深い井戸があった。なんでも治す魔法の水が出て、三人の魔女が守ってた。なんぴとも手を出してはならぬ、もし井戸がどんな形であれ汚《けが》されれば、国はのろわれる、と魔女たちは言っていた。でもその後、かしこい魔女たちは引きずられてって、火あぶりにされた。

それから何年もたって、手おし車何台ぶんもの金を持ったおつむの切れる男と、女王だか戦争だかの記念行事のせいで、井戸はうめられ、ぞっとするような建物が造られちまった。

最初の館《やかた》は、落成式の日に焼け落ちた。しかし、そんなことじゃ魔女たちの言ったことが完全無欠に正しかったことにはならないとばかりに、手おし車の男はまたもやひどい館をたてた。迷信に向かって指をおったてるようなもんだ。じいちゃんいわく、魔女っていうのは、ゲームに長い時間をかけられる。みにくい館《やかた》のガラスの目は今も、草地の向こうからこっちを見張ってる。

おれはどうしてこんなことを考えてるんだ？　塀《へい》のだめなほうの側で立ち往生《おうじょう》して、花も、ラズベリーの入ったシャツも、つぶれたサッカーボールも手放したくないってときに？　なぜなら、考えると、そのうち落ち着いてくるからだ。落ち着いてくると、さらに考えることができるようになって、考えることによってにげる方法を見つけられるからだ。

父さんと母さんが消える前、父さんがじいちゃんにトンネルの話をしてるのを聞いたことがある。戦争中に、防空壕《ぼうくうごう》からほっていったトンネルがあるって。公園まで続いてるって言ってた。でも、おれが部屋にいるって気づいたとたん、わからないようにマザーランド語に切りかえてしゃべりはじめた。

言語ってもんについて、わかったことがある。読んだり書いたりが苦手だと、聞き取りの天才になるってこと。まるで音楽みたいに、その本質をぎゅっとしぼりだせるようになる。ただ頭をからっぽにして、発せられる言葉に周波数《しゅうはすう》を合わせれば、八回のうち九回はぴったりあてることができる。

いやマジで、ついにそのトンネルの入り口を見つけたとき、おれはうれしくてさけびそうになった。入り口のはねあげ戸は、からみあった草の下にうもれてた。あんまり長いあいだそのままだったから、自然の手から取りもどすのには、ありったけの力が必要だった。自然はもうすっかり　その戸は自分のものだって信じてて、手放したがらなかったから。

戦利品を台所のテーブルの上においたとき、おれは血を流してるサンタクロースみたいな気持ちだった。

じいちゃんは仰天《ぎょうてん》した。

「いいか、ぼうず。たった今、知りたいことはふたつだけだ。ひとつ目は、ラズベリージャムの作り方。ふたつ目は、いったいどうすりゃおまえのシャツをまた白くできるかってことだ」

前だったら、だれかがじいちゃんの願いを聞きとどけてくれたんだって言ったかもしれない。でも今は、いきあたりばったりだったにすぎないって、わかってる。当時、ヘクターとヘクターの家族はとなりに越《こ》してきたばかりだった。じいちゃんは、ヘクターたちはスパイだって信じてて、もしそうなら、ラズベリーのしみのついたシャツを白くする方法を知ってるにちがいないと考えた。そしてそこからすべてがはじまったんだ。

11

じいちゃんはいつも、おれを安心させてくれた。うちの壁はたしかにぐらぐらしてるけど、透《す》けてるわけじゃない。じいちゃんはそう、保証してくれた。

じいちゃんは銀ギツネだ。ぬけ目がない。堂々としてて、誇《ほこ》り高くて、自分にはなにもないが、人間としての尊厳《そんげん》だけはあって、そいつだけはだれにもやるつもりはない、っていつも言ってる。どんな主義にも、どんな教会にも、どんな教義にもな、って。じいちゃんの灰色の目のきらめきからのがれられるものはない。じいちゃんは多くを見るが、多くを語らない。

となりが引っこしてきたときも、砂糖つぼを持っていくつもりはないって言った。

「砂糖？　持ってくわけないだろ？　砂糖は砂金くらい高いのに」

じいちゃんは笑った。「戦争の前、道路の両わきに、爆弾《ばくだん》にやられてないこぎれいな家が並んでたころは、近所づきあいってもんがあったのさ。なにか必要としてる人間がいりゃ、やったもんさ」

気がきいた考え方だと、おれは思った。でも、今じゃ、おれたちの通りにあるぼろぼろの廃屋《はいおく》はどれも空《あ》き家で、ものをやろうにもやる相手がいない。

となりに越してきたラッシュ家のことをスパイだって、じいちゃんは言った。それはじいちゃんふうの言い方で、要は、だれもそこに住んでほしくないって意味だ。その家は、おれの父さんと母さんのものだったから。二人が、存在しないことになる前の話だ。だからそこに人が住むと、二人がいなくなったことが確定してしまう。これで完了ってことになって、「なぜ」の下についてる「?マーク」がさらにでかくなって、見ないふりもできなくなる。

ラッシュ家が越してきたとき、母さんと父さんが消えて、すでに一年以上がたっていた。原因不明の行方不明者は山ほどいた。近所にも友人にも、おれの両親みたいに消されて、名前を忘れられ、彼らについて知ってたことすべてが当局に否定された人間はいくらでもいた。

そして、おれは気づいた。世界は穴だらけだって。いつ落ちてもおかしくないし、落ちたら二度と姿を現わすことはできない。行方不明と死亡はなにがちがうんだ？　おれには同じに思えた。両方とも、穴を残す。心の中に。人生に。穴がいくつあるか、数えるのはむずかしくない。新しく別の穴があいたときも、すぐわかる。家の明かりが消え、それから、爆破《ばくは》されるか、こわされるから。

じいちゃんはいつも、この界わいの密告者は、胸をふくらまして気どってるおんどりみたいな家に住んでる連中だろうって言ってた。通りの、館《やかた》とは反対のはしにある家々だ。そこにある家はどれもしっかりしてて、無傷で、純血のマザーたち用だ。ハンス・フィルダーの母親や、それにそっくりな連中の。連中はアオバエや黒革のコートを着た男たちのために一級の仕事をしてる。近所の人たちをスパイして、その代わりに、赤ん坊のミルクや、服や、おれたちみたいな飢《う》えかけた非協力的な市民は毎日並んでやっと手にできるような、余分な品物をもらってる。

おれはじいちゃんに、どうしてスパイがラズベリーのしみのついたシャツを白くする方法を知ってるのか、きいてみた。

「やつらは知らんさ。だが、女性なら知ってるかもしれん」

説明になってるとは思わなかったけど、じいちゃんは、となりが引っこしてきて以来、ひどく気むずかしい。へんくつな気むずかしさで、前のじいちゃんにはなかったものだ。

「人生がますます複雑になってきとるからな」じいちゃんは言った。
そのときおれはまだ、老銀ギツネがふさふさのしっぽを持ってることを知らなかった。
じいちゃんはうまくかくしてたんだ。

12

花とラズベリーをプレゼントに持っていこうって思いついたのは、おれだった。シャツの件がスムースに進むかもしれないと思ったんだ。

いこうって決めたときには、すでに夜間外出禁止令のサイレンが鳴ってた。アオバエの装甲車《そうこうしゃ》が一回目のパトロールにきた音が聞こえてたから、表の通りを歩くのは問題外だった。だれにも見られずにほかの家にいくには、おれが〈地下室通り〉って呼んでるトンネルにおりるしかない。〈通り〉って呼んでるけど、要はそれぞれの家の地下室の壁につるはしであけた穴のことだ。供給路。使われなくなった家から、だれにも見られずに薪《まき》やらなんやらを集めるには、これがいちばんだ。

おれは地下におりるのは大きらいだった。ぞっとする。暗くて、じめじめしたにおいがするし、いろんなものにぶちあたる。

トンネルから階段をあがって、むかし両親の家だった地下室のドアまでいった。ドアを開けなくてもなにがあるか、わかってる。赤い花と果物のカゴの柄《がら》の壁紙と、台所の床《ゆか》と壁の境をぐるりとかこんでる赤い羽目板《はめいた》。赤なのは、たまたまトラックの荷台から落ちたペンキが赤だったからだ。それから、じいちゃんが、交番が爆破《ばくは》されたあとをとってきた信号灯もある。ほかにも、もっといろんなことを知ってる。自分の生まれた家だから。

にもかかわらず、おれは他人行儀《たにんぎょうぎ》にドアをノックした。

13

いやに目立つ沈黙《ちんもく》のあと、ドアが少しだけ開いた。

「はい、なんのご用ですか？」男の人だった。

おれたちの国の言葉をうまくしゃべったけど、ほんの少しだけなまりがあって、ふだんから使いなれてるわけじゃないのがわかった。しゃべり方からすると、マザーランドの正規会員ってところだ。正真正銘《しょうめい》の本物。ポケットいっぱいの泥《どろ》とひきかえに教えてやるけど、ここ〈ゾーン7〉じゃ、めったにお目にかかれない。正式なマザーランド市民にはね。

おれは衝撃《しょうげき》を受けた。もしかしたら、じいちゃんがスパイだスパイだってさわいでるのも、あながちうそじゃないかもしれない。

男の人はコートかけみたいにやせてて、髪ははっとするような灰色だった。やっぱり灰色のもじゃもじゃが、しわのよったひたいの広がりをかろうじて食い止めてる。そうでもなきゃ、不安が一気に顔の上までなだれ落ちてきそうだ。

「食べ物ならないし、貴重品もない」男の人の声はゆらいでた。「なにも差しあげるものはないんです、なにも」

男の人がマザーランドの人間だと気づいたら、じいちゃんの態度がかたくなになるんじゃないかと思った。ところが、じいちゃんはおだやかな声で言った。

「となりに住んでる、ハリー・トレッドウェルだ。こいつは、孫のスタンディッシュ・トレッドウェル」そして、手を差しだした。

男の人はゆっくりとドアを開けた。

むかし母さんがすわってたみたいに、テーブルのうしろにやせたきれいな女の人がすわってた。その正面の、おれがいつもすわってたところには、同じ年くらいの少年がいる。整った顔立ちで、背はすっとのび、濃いめのブロンドの髪に緑の目をしてる。

「落ち着きなさったか、ようすをうかがおうと思ってね」じいちゃんは言った。

おれは、女の人に花とラズベリーの入った小さな器《うつわ》を差しだした。女の人は花を受けとると、顔をうずめた。それからもう一度こっちを見た女の人の鼻には、金色の花粉がついてて、ほおを涙が一つぶ、転がり落ちた。女の人は、手をふるわせてラズベリーの器《うつわ》にふれた。

そのあいだじゅう、少年はおれのほうを見てた。おれも見返したかったけど、見返さなかった。最初は。ほおが赤くなるのがわかって、決まり悪くて、目の前の光景がどういうことなのか、判断できなかった。それでもついに、いどむように彼のほうを見た。どうせクラスの連中と同じで、欠かんのある〈非純血〉のおれを変なやつだと思うだろう。

おかしな目をしてるやつだって。

おかしな字を書くやつだって。

ところが、少年の顔はまじめそのものだった。彼は立ちあがった。おれより背が高い。男の人や女の人みたいに、おどおどしてもいない。自信たっぷりなようすで、おれのほうに歩いてくる。

「ありがとう。おれはヘクター・ラッシュっていうんだ。で、おれの父さんと母さん」

おれは彼を知ってた。

でも、知ってるはずない。初めて会ったんだから。

じいちゃんはまだドアのところにいた。立ったまま、じっと観察して、すべてを頭にたたきこもうとしてた。それからいきなり背を向け、きたほうへもどりはじめた。そして、階段の下までおりると、おれを呼んだ。

14

必要なものをとってくるのに、時間はかからなかった。かんたんに言えば、父さんの拳銃《けんじゅう》だ。消音装置がついてる高級品で、死んだアオバエからぬすんだものだった。そしておれたちはまた、元おれたちの台所だった場所へもどった。じいちゃんはノックしなかった。ラッシュさんは銃《じゅう》を見たとたん、奥さんの元へかけよった。

ヘクターはにんまりして「おれたちを殺すつもりですか？」と冷静な口調で言った。

じいちゃんは礼儀《れいぎ》正しくするのに慣れてないし、わずらわしい作法にも興味はなかった。だから、なにも言わずに、ねらいをつけ、床《ゆか》と壁の境目にはられた板のわきを走っていくドブネズミを撃《う》った。二匹、三匹……そして、七匹殺したところで、やめた。

じいちゃんが問題にしてるのは、数だった。死んだネズミが七匹いれば、ネズミの王も敬意をはらう。一匹撃《う》っただけじゃ、その親《しん》戚《せき》がおしよせてくる。でも、七匹殺せば、こっちが本気だとわからせることができるんだ。

15

ラッシュさんたちを連れて、〈地下室通り〉経由でうちにもどった。ラッシュさんたちは、じいちゃんの整然とした台所を見て、目を丸くした。じいちゃんの生き残るためのシステムは、芸術の域に達してた。むだなものはひとつもなく、すべてが図書館司書さながらの秩序《ちつじょ》で集められ、並べられている。

おれはじいちゃんを手伝って、食卓の用意をした。どの食器も、割れて、こわれて、直し、割れて、こわれて、また直し、をくり返して、今ではそれぞれオリジナリティを獲得《かくとく》してた。

「スタンディッシュ、スロージンを（果実のスローベリーから作られた酒。イギリスの家庭でよく作られていた）」じいちゃんが言った。

それを聞いたとたん、じいちゃんがラッシュさんたちのことを信用したのがわかった。でも、じいちゃんはけっして、信用したなんて口では言わないだろうし、これまでも言ったことなどない。

おれたちは食卓をかこんだ。おれとじいちゃんはスープを飲み、家で焼いたパンで皿をぬぐった。そして、顔をあげると、ラッシュさんたちはまだ皿に手をつけてもいなかった。

「冷やしたキュウリのスープだ。パンも今朝、焼いた。食べなさい」じいちゃんは言った。

「わたしたちにわけてくださるんですか？」ラッシュさんの奥さんがきいた。顔は透《す》けるようで、目は魚みたいに涙の水たまりを泳いでた。

「ああ」じいちゃんは言った。「そうすりゃ、牢獄《ろうごく》から出られる」

「どういう意味です？」ラッシュさんがきいた。

「飢《う》え死にせずにすむ。あんたがたが〈ゾーン7〉にきたのには理由があるだろう。別に話す必要はない。だが、わたしたちがいがみあって、あんたがたが死んじまったら、やつらの勝ちだ。だが、力を合わせれば、わたしたちは強くなる」

「マザーランドの人間が全員、マザーランドの名で行われていることに賛成というわけではないと、わかってるんですね」ラッシュさんは言った。

「もちろんだとも」と、じいちゃん。

「わたしたちのことを疑ってるんだと思ってました。密告屋じゃないかと」

「食べなさい」じいちゃんは言って、コップをかかげた。

「乾杯《かんぱい》しよう。新しい始まりに。そして、月面着陸に」

16

その夜、ラッシュさん夫婦はうちに泊《と》まった。で、おれは、父さんと母さんがいなくなってから初めて、自分のむかしの部屋でねむった。ヘクターは床《ゆか》にマットレスをしいて寝た。

ねむりかけたときにようやく、まだラズベリーのしみを退治してないことを思い出した。

両親がいなくなってから、おれは一晩中目を覚まさずにねむったことがなかった。そのせいで、じいちゃんはくたびれきってた。またちゃんとねむれるようになったのは、こうやってヘクターと寝るようになったからだ。つまり、その次の日の夜、ラッシュさんとじ

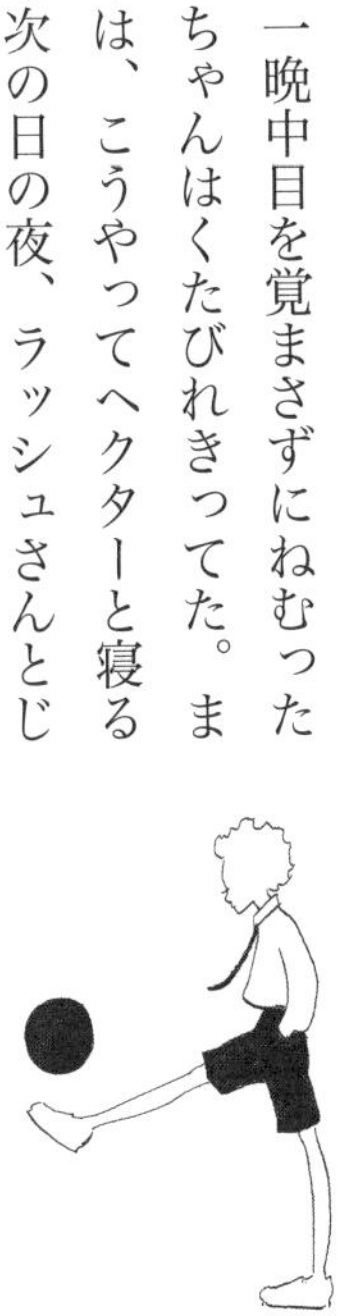

いちゃんは話しあって、おれたちがいっしょにいられるよう、壁をぶちぬいておれとヘクターの部屋をひとつにしたんだ。ほかの部屋についいては、じいちゃんたちが相談してた記憶はないけど、いつの間にか二軒《けん》のあいだにいくつも出入り口ができた。じいちゃんとおれとヘクターとラッシュ夫妻は、いっしょに食事をとるようになり、そのうちいっしょにくらしはじめた。おれたちはいい家族だった。

　ラッシュさんは、元はエンジニアだったと話してくれた。マザーランドのプロジェクトで働くのを拒否《きょひ》したってことだったけど、そのプロジェクトがなんだったかは、言おうとしなかった。ラッシュさんの奥さんは医者で、非純血の者たちを抹殺《まっさつ》するのを断った。よかった。そのおかげで、じいちゃんやおれみたいな非純血の人間やラッシュさんたちがみんないっしょに、〈ゾーン7〉に行きつくことになったんだから。

17

ベルが鳴ると、おれはすぐに椅子《いす》からおりた。髪をなでつけ、深呼吸してドアをノックし、中に入る。ヘルマン校長が立ちあがり、かかとをカチッと合わせた。机の下だから、かかとなんて見えないのに。

それから、足場に使う丸太みたいに腕をぴんとのばして敬礼し、うつろな目になって言った。「マザーランドに栄光あれ」

おれもいやいや腕をのばした。でも、のびてなかった。せきばらいが聞こえた。ヘルマン校長じゃない。部屋のすみっこにすわってた男だ。黒革のコートを着てる。男は三角定規セットで描いたみたいに、三角と直角だけでできてるように見えた。帽子《ぼうし》にかくれて顔は見えない。別に粋《いき》な角度でかぶってるからじゃない。コッカ・コーラスの国のかぶり方とはちがう。ぜんぜんちがう。男の帽子《ぼうし》はふちがナイフみたいにするどくて、ウソを真っ二つにできそうだ。黒いフレームの、眼窩《がんか》にぴったりはまるサングラスをかけてる。校長室はうす暗い。どこまで見えて、どこまでが見えないいんだろう。まあ、言っちまえば、男は、雷雨《らいう》に向かってつきたてた親指みたいに悪目立ちしてた。仕事できたことはわかるけど、だれのどんな仕事なのかはわからない。

この男はここでなにやってんだ？　ヘルマン校長の調査にきたのかも、とも思ったけど、たぶんちがう。ヘルマン校長の大いなる自慢《じまん》は、安物のクローム製の腕時計だ。八人以上子どものいる夫婦に贈られる。わかると思うけど、〈ゾーン7〉には、重要人物でもないかぎり、腕時計をしてるやつなんていない。みんな、とっくに闇《やみ》市場で売っちまった。ヘルマン校長の時計が安物だって、どうしてわかるかって？　じつは、わかってなかった。ラッシュさんの時計を見るまでは。ラッシュさんの時計はおれたちを救ったのだ。

去年の冬は記憶にあるなかでいちばん寒い冬だった。じいちゃんも、こんなきびしい冬は初めてだと言った。じいちゃんは、はんぱない数の冬を過ごしてる。これは「冬将軍の復しゅう」だって言ってた。その冬将軍とやらがだれにしろ、おれたちの味方じゃないことは、おれにもわかった。

ラッシュさんの時計がなかったら、おれたちはこの世とおさらばしてただろう。ついに明かりは教会からとってきたろうそく一本のみとなり、残った食べ物はジャガイモの皮だけになった。

ある朝、なにもかもが、そう、沼地までがこおりついた日、おれたちは台所のテーブルをかこんでた。じいちゃんはストーブの火をたやさないよう、ほかに薪《まき》になるものはないか、あれこれ探してた。そのときだった。ラッシュさんがいきなり部屋を出ていった。上の階から、床板《ゆかいた》を持ちあげてる音が聞こえてきた。床板《ゆかいた》を燃やすわけにはいかないよ、家がくずれるかもしれないし、とおれはぼんやり思ってた。ラッシュさんの奥さんはだまってる。何度も何度も両手をこねくりまわしてる。やがてラッシュさんはもどってきて、じいちゃんに布にくるまれたものを渡した。

そして、しずかな声で言った。「あなたなら、これをどうすればいいかわかるでしょう、ハリー」

じいちゃんはそっと布をひらいた。すげえ。それは星みたいにきらきらしてた。そう、その時計は。それは、本物の金だった。おれに言わせりゃ日曜日みたいに、どこからどこまでもゆるぎなく本物だった。

じいちゃんは時計をひっくり返した。そして、裏にきざまれた銘文《めいぶん》を、なにも言わずに長いあいだ見ていた。ラッシュさんは不安で青ざめてる。奥さんが息を止めてるのが、わかる。

　永遠にも思える時間が過ぎたあと、じいちゃんは言った。「銘文《めいぶん》をけずり取れば、この牢獄《ろうごく》からのがれられる」

　ラッシュさんと奥さんは深く息をすいこむと、うなずいた。

「ありがとう、ハリー」ラッシュさんは言った。

　あとになって、おれはじいちゃんに、裏になんて書いてあったのかきいてみた。じいちゃんは言おうとしなかった。

　今でもまだ、うちには小麦粉と米がある。オート麦と、キャンドルオイルと、せっけんも。ぜんぶ闇市《やみいち》で買ったものだ。だからおれにはわかる。ヘルマン校長の時計は安物だって。校長の墓《はか》にそなえるろうそく一本、買えないだろうって。

18

ヘルマン校長は親指をくるくるとまわしはじめた。手の甲《こう》から毛がはえてる。クモの脚《あし》みたいにまっ黒だ。

でも、そんなのはどうでもいいことだ。ちょっと気をそらしてくれるだけだ。校長の時計と同じ。この部屋の光景には、おかしな点がありすぎる。だいたい、校長がいつもみたいに、バタバタせわしくない。まるで熱い空気がぜんぶぬけてしぼんだツェッペリン型飛行船だ。

胃がねじれ、革コートの男はおれに会いにきたんじゃないか、と告げる。せいいっぱい頭を速く働かせる。おれはどんなめんどうごとに首をつっこんじまったんだ？　頭の中で、ひとつずつおさらいしていく。

テレビを見られるよう、直したことか？

メンドリを二羽、庭の奥でこっそり飼ってることか？

ヘクターか？

「スタンディッシュ・トレッドウェルか？」革コートの男がきいた。

おれはうなずいた。いいか、そのときおれは、ピシッと立ったんだ。

「今日はどういう日か知ってるか？」

もちろん、知ってる。木曜日だ。夕食には、ランチョンミートをフライにしたものに、この日のためにとっておいた卵を二個そえて食べる。でも、男がなんて言わせたいかはわかってた。だって、よほどのバカでもないかぎり、今日が何曜日かなんて知ってるに決まってるからだ。

だから、おれはだまってた。

19

「スタンディッシュ・トレッドウェル」

どうしておれの名前を二度言うんだ？　それに、手に持ってるファイルにはなにが入ってんだ？

「何歳だ？」

「十五です、閣下《かっか》」

「十五か」

こんなふうにくり返されるのは、気に入らなかった。ヘルマン校長のほうを見たが、口をはさむようすはない。

「十五か」革コートの男は言った。「四歳児の書き能力と、五歳児の読み能力。非純血の子どもがどうなるかは知っているかね？」

「はい、閣下《かっか》」

別の、遠くの学校に送られることは知っていた。マイク・ジョーンズもそうだった。脚《あし》が悪かったからだ。マイクは二度ともどってこなかった。そのせいで、未亡人だったマイクの母親はおかしくなってしまった、とじいちゃんは言ってた。

おれはそれ以上、なにも言わずにだまってた。

「スタンディッシュ」

革コートの男はどうしておれの名前をくり返すんだ？

「変わった名前だな」

クソ。ジョンとかラルフとかピーターとかハンスとか、そんな名前ならよかった。スタンディッシュでさえなければ。

「しかも、トレッドウェルか？」

「生まれた国の名前です、閣下《かっか》」おれは言った。

もちろん、知ってるわけじゃない。むかしから、そう言えと教えられてきたのだ。

「両親は死んでるのか？」

正確には正しいとは言えなかったけど、いちいち反論しなかった。

男はファイルから手紙を取り出した。そして、ヘルマン校長のほうに向き直ると、マザーランド語でまくし立てはじめた。

ざっと訳すと、爆撃《ばくげき》で破壊《はかい》された〈ゾーン7〉のようなごみためにこのような立派な郊《こう》外《がい》の学校をつくったのだから、そもそもおれを受け入れるべきではなかった、ってようなことだった。どうしておれはこれまで見つからずにきたんだろう？　おれは頭が悪くて、なにひとつできないってことになってる。でも、二人の話してることは、ひと言もらさず理解できた。

「でも、彼は成長しているんです……コナリー先……前の教師の指導のおかげで」ヘルマン校長からあせがふきだした。「それに、トレッドウェルの父親は、わたしの前、ここの校長をしていました。母親もここの教師だったんです。彼の母親が……」

おれは待った。おれは全神経を集中させていた。校長は、父さんと母さんがどうなったか話すだろうか？　話すか？　いや、話さないだろう。なぜなら、ヘルマン校長すら身の危険を感じているからだ。あの時計は、結局のところ安物のクローム製だ。ラッシュさんのみたいに、キャロットは入ってない。18K《キャラット》とか24K《キャラット》とか金をはかる単位がニンジンなんて知らなかった。キャ、キャ、キャロットって、ニンジンだろ？　とにかく、最初に金をほり当てた人間は、わかってたんだろう。金を食べ物と交換するようになるって。

革コートの男はまたおれに質問した。「今日はなぜ特別な日なのかね？」でも、今回は、言いたいことが伝わるように、ゆっくりとしゃべった。きっとおれは頭が悪いと思ってて、頭が悪いやつにはそうやってしゃべるもんだと思ってるんだろう。

おれはどうして今日が特別なのか知っていた。チクショー。この占領地に、今日がどうして特別なのか知らないネズミがいるわけがない。そうさ、ちがう。今日は、フライにしたランチョンミートの日なんかじゃない。

だから、おれは胸をはって答えた。アイスクリーム色のキャデラックを運転してるみたいに。「今日は、一九五六年七月十九日木曜日、月へいくロケットが発射され、マザーランドの新しい歴史がはじまる日です」

完璧《かんぺき》な答えだったんだと思う。なぜなら、校長と革コートの男の腕がまた、空に向かってピシッとつき出されたからだ。革コートの男にいたっちゃ、眼窩《がんか》にはめこんだサングラスのうしろの目が涙ぐんでるようにさえ見えた。

「その通りだ。われわれは、このような偉業《いぎょう》を成しとげる世界最初の国となる。われわれの決定的優位を見せつけるのだ」

男がそう言ったのと同時に、学校のベルが鳴った。ランチタイムだ。

「おまえの家の裏の公園に入ったことはあるか？」

おれは頭の中に、可能なかぎりの答えを並べあげた。どれもウソだ。それにおれはまだ、どうしてここに呼ばれたのかも、わかってない。

「いいえ、閣下《かっか》。禁じられていますから」

20

革コートの男は、エックス線の目を持ってた。サングラスのせいで見えないけど、そうにちがいない。まっすぐ中まで見通す目。海の栓《せん》をぬかれたら、きっと魚はこんな気持ちになるんだろう。

だからおれは、じたばたもがきながら言った。「一回だけです。二回かも」

革コートの男は手に持った紙をじっと見つめると、世にも奇妙《きみょう》なことを言った。

「『永遠』とはどういう意味かね？」

ときどき大人っていうのは、とんでもなくイカれてんじゃないかって思うことがある。イカれてる。毛のつったったヘアブラシみたいにイカれてるんだ。

「いつまでも続くということです。偉大《いだい》なるマザーランドのように」

おれは、フライドポテトに塩コショウをかけるみたいに言ってのけた。実際は、そんなこと信じちゃいなかったけど、コンチクショウ、だからなんだよ？　おれは人生ってもんを信じてるし、いつかコッカ・コーラスの国へいけると信じてる。でも、ここにいるおつむの切れる大人たちにそれを教えてやる必要はない。

「公園でほかの人間を見たことがあるか？」

もう遅い。かぎづめにがっしりつかまれたのを感じた。今回のこれは、ヘクターが消えたこととは関係ない。おれが字が書けないことも、読めないことも、関係ない。父さんが校長だったことも、母さんも、裏庭のメンドリですら関係ないのだ。そう、そんなことは関係ない。これは、もっとはるかにやっかいなことに関係してるんだ。

月の男のことに。

21

ほんの三週間前のことだけど、今じゃ、一世紀くらい前に思える。おれとヘクターはジュニパー星へいく計画について話してた。まぬけどもは、月面着陸で勝手にもりあがってりゃいい。月の上を歩くなんて、おれたちが成しとげようとしてることに比べれば、安っぽいサーカスの手品みたいなもんだ。

じいちゃんも、月面着陸計画にはたいして興味を持っちゃいなかった。「金のむだだ。地球に、飢《う》え死にしかけてる人間がいるってときに」じいちゃんは別の世代の人間だ。戦争に次ぐ戦争で、よくなったことはほとんどなくて、悪くなったことばかりって時代を生き抜いてきてる。じいちゃんに言わせれば、人間が宇宙にいったって、ウサギの息ほどのちがいも生みやしない。

でも、それに関しては、ヘクターとおれのほうがわかってた。結局のところ、おれたちは自分の目で未来を見たんだ、だろ？　もちろん、本当なら見られないはずだけど、ラッシュさんが間にあわせのテレビを組み立ててくれた。それで、コッカ・コーラスの国の番組までちょくちょく見られるようにしてくれたんだ。ラッシュさんはマジですごい。

おれとヘクターがいちばん気に入ってた番組がある。女の人が出てて、なにもかもがウソくさいくらい完璧《かんぺき》なんだ。ピカピカのキッチンのどでかい冷蔵庫の横で、女の人はきらめいてる。くちびるがでっかくて、アイスクリームのコーンみたいな胸をしてて、ずっと笑ってるんだ。ジュニパー星人もきっとこんなだと思う。ジュニパー星はおれたちの太陽系《ソーラーシステム》にあるから、ソーラーエネルギーのおかげで暖かくて安全で、ナンキンムシや飢《う》えに苦しむこともない。あの冷蔵庫があれば、一年間、いや、もしかしたらもっと長いあいだ、食うのにこまらないだろう。あの女の人は、なんとかボールっていう名前だった。でも、ボールはボールでも、しぼんだサッカーボールじゃない。コッカ・コーラスの国では、ボールっていうのはめちゃめちゃ楽しいっていう意味なんだ。コッカ・コーラスの国にはダンスボールって場所がいっぱいあってみんなおどってるらしい。おれたちのところにはひとつもない。

ヘクターはその女優を気に入ってた。映像は白黒だったけど、そんなことで、おれたちはこれっぽっちもごまかされなかった。テレビの中の約束の地が色にあふれてることは、わかってたんだ。おれたちのロケットがジュニパー星に着陸したとたん、こうしたものがぜんぶ、マザーランドにもおしよせてくるはずだ。おれたちが、足あとなんてなかったところに最初の足あとをつけた瞬間《しゅんかん》に。そう、その瞬間《しゅんかん》に、ここにあるものすべてが変わる。戦争は終わる。それは偉大《いだい》なるヒステリーになって、その「前」か「あと」かってことが重要になるんだ。「生まれたのは、ジュニパー星の発見以前ですか？」って必ずきかれるような、そんなヒステリーに。ほかのあらゆることはかすんでしまう。月面着陸なんて、どうでもよくなる。

　少なくとも三週間前、おれはそう思ってた。

22

ヘクターはおれの学校の、おれと同じクラスに入れられた。おれはめちゃめちゃうれしかった。そして一週間もたたないうちに、ヘクターは、ハンス・フィルダーと取り巻きたちを完全におさえつけた。

当時、担任はコナリー先生だった。先生はやさしくて、おれを前のほうの、先生の机のそばにすわらせ、時間をかけて説明してくれた。コナリー先生も、おれと同じくらいハンス・フィルダーと取り巻きのバカどものことをきらってた。

でも、ヘクターのことはすっかり気に入った。ヘクターは超新星

並みに頭がよくて、おれたちの国の言葉もほんの少しなまりがあるだけで流ちょうにしゃべれたし、ピアノも弾《ひ》けて、それも『赤花のトナカイ』とかじゃなかった。ヘクターの手は美しかった。指が長くて――本当に細くて長いんだ。ほかの部分に関しても、ほっそりしてて、完璧《かんぺき》な形の頭をしてた。断崖絶壁《だんがいぜっぺき》頭なんかじゃない。髪は濃いめのブロンドで、くしゃくしゃしてる。ヘクターの髪をかきあげるしぐさが、おれは好きだった。

悲しいことに、コナリー先生は秋学期のとちゅうで穴の中に消えてしまった。説明はなかった。説明なんてあったためしがない。だれも理由なんてきこうとしない。その日はいたのに、次の日は消える、それだけだ。行き先を告げる足あとひとつ残さずに。言ったろ、死と行方不明は同じことだって。両方ともうさんくさい。

ガネル先生がやってきたのは、そのあとだ。ガネル先生は学ぶ価値のある知識なんて持ってきやしなかった。持ってきたのは、政府の宣伝《プロパガンダ》だけだ。無力な有力者ってやつなんだ、ガネル先生は。

最初の日、ガネル先生はヘクターに「規制基準」にしたがって髪を切ってこいと言った。ヘクターは切らなかった。ヘクターは別格なんだ。ヘクターの海のようなグリーンの目は、冷ややかに荒れくるう。ヘクターは、ガネル先生にたった今言ったことをくり返させるのがうまかった。それがどんなに空虚《くうきょ》か、気づかせるために。

その結果、新しい担任は、マザーランドの熱狂的愛国者にもかかわらず、マザーランドの言葉をひと言もしゃべれないことが判明した。それを知って、おれはにんまりした。ガネル先生は、ヘクターが言ったことも、ろくにわかっちゃいなかったんだ。ヘクターのほうが上だと思い知らされたガネル先生は、怒りくるった。

23

最初からガネル先生はおれをきらってた。おれの目は、疫病《えきびょう》みたいに先生を悩《なや》ませた。こんな〝非純血的要素〟を持ってるだけでも、退学させるにはじゅうぶんな理由になる、と先生は考えた。しかもそれは、おれが字を正しく書くどころか、読むことすらできないとわかる前の話だ。先生にとっちゃほくほくするようなこの事実を知ったのは、もっとあとだった。

ヘクターに関して言えば、もちろん先生はヘクターのことも気に入らなかった。それはヘクターが先生のくさった心の奥まで見通せるからだった。

おれたちは罰《ばつ》として、教室のうしろにやられた。これでヘクターを無視してやったとばかりに先生は悦《えつ》に入ってたみたいだけど、あいにくヘクターを無視できる人間はいなかった。ヘクターは絶対的に存在してて、絶対的にそこにいて、無視することなんてできなかった。ヘクターは徹底抗戦《てっていこうせん》に出た。「先生、まちがってます。本当の答えは……」

ヘクターに言われるたびに、ガネル先生は頭の上にかかげられた〈マザーランド〉って文字みたいにまっ赤になった。そしてある日、とうとうかんにん袋の緒《お》が切れた。ヘクターにおそいかかったんだ。先生のボスの右腕の腕から、銃《じゅう》の撃鉄《げきてつ》のカチリという音が聞こえたような気がした。先生はムチをかかげた。肉をたたく満足感に飢《う》えたムチを。最初の一発が、ヘクターの肩にあたった。でも、ヘクターはピクリともしなかった。一度たりとも。手をあげて体をかばうようすすらなく、ただじっと立って、ムチを受けた。そしてそのあいだずっと、ハリケーン級の力を持った、あの、なにもかもお見通しのグリーンの目でガネル先生をにらみつけていた。

あの目が、ガネル先生の腕からガソリンをぬき取ったんだ。おれにはわかる。先生は全身からあせをふきだしながら、おびえてしずまり返った生徒たちのあいだをもどっていった。とちゅうでムチがぽろりと落ちた。ヘクターは顔から血を流しながら、それをひろいあげ、先生の机まで持っていった。バカな先生。気づいてもいなかった。そうさ、かつらがずれてないかたしかめ、ひたいのあせをぬぐうので、いそがしかったから。

ヘクターは落ち着きはらったようすで言った。「落としましたよ、先生」そして、教科書の山の上にムチをバンッとおいた。ガネル先生はおそわれると思ったのか、ビクッとして、ボスの右腕の腕で頭をかばった。

言わなくてもわかるだろうけど、それ以来二度と先生はヘクターを打たなかった。

24

革コートの男が現われた日を、おれは一生忘れない。そしてそれは、ロケットがどうでもいい月なんかにいくこととは、ぽっつりとも関係ありゃしなかった。そのときまでは、月面着陸のことなんて、どうでもよかった。最初から気にかけたこともなかった。だってそうだろ？　そんなのは、ハンス・フィルダーと取り巻きどもに任せてりゃいい。やつらはああいうくだらないたわごとをぜんぶうのみにしてんだから。

おれとヘクターは、月なんかじゃなくて、おれたちのジュニパー星のことを考えるのが好きだった。ジュニパー星には、月が三つと、太陽がふたつある。住んでる人たちはみんな親切でかしこくて平和的だ。彼らは、本当のエイリアンがだれか、ちゃんとわかってる。アオバエと革コートの男たちだって。ヘクターが言うには、あいつらは全員、赤い星の

〈火星〉からきたんだ。やつらは火星人なんだ。

ジュニパー星にメッセージさえとどければ、ジュニパー星人が助けにきてくれる。世界を救って、おれとヘクターがコッカ・コーラスの国でくらせるようにしてくれる。おれはヘクターと、コッカ・コーラスの国でくらそうって約束したんだ。約束は守るものだろ。

マザーランドの洗脳《せんのう》された連中は、月面着陸のことで、好きなだけさわいでりゃいい。でも、おれはそうはいかなかった。どうしてかって？　地下室に月の男をかくまってたから。

25

窓から、ヘルマン校長が革コートの男を黒いジャガーまで送っていくのが見えた。車はもうもうと排気《はいき》ガスをはき、一瞬《いっしゅん》、校長の姿が見えなくなった。

校長室にいかなきゃならなかったせいで、給食を食いそこねた。どうせなら昼休みもなくなりゃよかった。昼休み、骨休め、気休め、息休め。

いや、息は――呼吸は休んでなるものか。

どういう理由かは知らないけど、ヘルマン校長は、校庭にベンチをおくのはいいアイデアだと思ったらしい。校庭のすみにベンチをななめにおいたらどうなるか、本当にわからなかったのか？　数学が得意じゃなくたってそれくらいわかる。おくびょう者の羊たちがベンチの背にすわる。そうすると、やつらが壁になって、教師からは、なにも見えなくなる。そして、ベンチの裏の小さな三角形で、男子生徒が自分より弱いやつや、小さいやつや、不適合なやつをなぐる。群れからういてるやつをなぐる。

ハンス・フィルダーは、むかしのやつにもどっていた。もう、やつが能力を発揮《はっき》するのをじゃまするヘクターはいない。ハンス・フィルダーはクギだ。取り巻きどもに命令して、おれを取りかこみ、ベンチの裏にクギづけにする。

「役人がのろまになんの用だったんだ？」

「革コートの男のことか？」おれはきき返した。ハンス・フィルダーは、兵隊の人形並みにぜんまいが巻かれ、戦いたくてうずうずしてた。

「あたりまえだろ。ノータリンめ」

ハンス・フィルダーは生まれたときから、マザーランド羊のミルクをガツガツ飲んできた。母親のフィルダー夫人には、八人か九人、もしくは十人か十一人の子どもがいる。覚えちゃいない。羊の数を数えるのは得意じゃない。わかるのは、フィルダー夫人と夫は、マザーランドに仕えてきた報酬《ほうしゅう》で生きのびてきたってことだ。フィルダー夫妻は自分たちの仕事にプライドを持ってる。党の規則にしたがわない善良な市民を片っぱしから通報する仕事だ。ああ、そうさ、フィルダー家の子どもたちは、食い物も服もたっぷりもらってる。

学校では、両親が協力者だってことはすぐわかる。協力者の息子は長ズボンをはいてるからだ。おれのズボンは半ズボンだ。たいていの底辺層の連中はそうだ。前は長ズボンだったけど、背がでかくなっちまった。今は、ひざの下から切って、二本の細い切れはしは、直しが必要なときのために母さんの裁縫箱《さいほう》にしまってある。

長ズボンと新品の制服のブレザーを着たハンス・フィルダーは、おれを校庭の壁にぐいとおしつけ、もう一度同じ質問をした。子分連中がおれを取りかこんだ。

連中がなぐりはじめても、おれはやり返さなかった。

前にじいちゃんに言われたんだ。「スタンディッシュ、ほかになにをやろうと、学校で暴力だけはふるうな。背を向けろ。もし学校から放り出されたら……」

じいちゃんは最後まで言わなかった。言う必要はなかった。

けど、口まで閉じるのは無理だった。

「次に革コートの男に会ったら、おまえの母親のことをぜんぶ話してやる」

ハンス・フィルダーはふりあげたこぶしを止めた。

「おれの母親のことってなんだよ？」

「みんなのことを密告して、うそをでっちあげて、罪のない人をウジムシ農場に送りこんでるって。おまえに新しいズボンをはかせるために」

ハンス・フィルダーはなぐるのをやめた。疑いは、しゃきしゃきした赤いリンゴに入りこんだでかい虫だ。ロケット工学者じゃなくたって、だれが本当のバカかわかる。自分は大物になると信じこんでるハンス・フィルダーと、取り巻きだ。こいつらはまわりの状況《じょうきょう》なんてわからずにただメエメエ鳴いてる羊の群れだ。こいつらの中には、珍種《ちんしゅ》の〈なぜ種〉は一人もいない。なにひとつ疑問に思いやしない。毛を刈《か》られ漂白《ひょうはく》された、ありふれた品種ばかりなんだ。脳《のう》に焼きごてをおされたバカにはわからない。自分たちも、結局はほかの〈ゾーン7〉の連中と同じでどこへもいけはしないってことが。ハンス・フィルダーがここから逃げ出せる唯一《ゆいいつ》のチャンスは、〈反逆者〉と戦うために戦地に送られるときだ。それは、自分用に火葬炉《かそうろ》を予約するようなもんだけど、まだやつはそれをさとっちゃいない。

だから、連中はまたなぐりはじめた。おれは、肉体を壁だと思うことにした。壁の中のおれには、連中も手が出せない。さわれない。だから、ハンス・フィルダーたちがおれの皮膚《ひふ》をドラムみたいにたたいてるあいだじゅう、おれは革コートの男と、やつの黒いジャガーが次にどこへ向かうか、考えていた。ジャガーがおれの家の通りにいきつく場面がうかんだ。おれの住んでる場所を見つけるのなんて、やつには朝飯前だ。そもそも、まだくずれずに立ってるのは、おれたちの通りの家だけなんだから。革コートの男がおれたちのメンドリを見つけ、テレビを見つけ、じいちゃんを無理やり地下室に連れていくところがうかぶ。そして、ついに月の男を発見する。まるで頭の中で映画が上映され、最悪の結末をむかえるのをながめてるみたいだ。

「スタンディッシュ・トレッドウェル」ガネル先生のどなり声がした。「ベンチの裏でなにしてるんだ？　もうベルは鳴ったぞ」

おれはベルに気づいてもいなかった。口の中が血の味がする。鼻にふれる。少なくとも折れてはいない。

26

「スタンディッシュ・トレッドウェル！」ガネル先生はもう一度さけんだ。顔がまっ赤だ。目は飛び出しそうだし、こめかみからやっかいなかつらのところまでのびてる二本の血管もうきあがってる。

おれはベンチの裏からはい出ると、ガネル先生の前に立った。鼻血が出てるし、目は半分閉じて、開けない。先生はムチを持って、手のひらにタンタンと打ちつけてる。小さくていじわるな口から舌《した》がななめにつき出てる。

おどろくべき事実に気づいたのは、そのときだった。おれは先生より背が高かった。ボスの右腕の腕は、なぐる準備万端《ばんたん》だ。だが、いやがおうにも、先生はおれを見あげなきゃならなかった。ヘクターを見あげなきゃならなかったのと同じように。

「いつまでもおれをなぐり続けることはできませんよ。おれは先生より背が高い。先生と同じ大きさの子を探したらどうです」

クラス中の子が見ていた。ぼうぜんとして。ヘクター以来、だれも、本当に、だれひとり、おつむパーフェクトすら、教師に口答えをした者はいなかった。ガネル先生の頭の中がぐるぐるまわってるのが、見えるような気がした。

「トレッドウェル。靴ひもがほどけてるぞ」

おれはさっとかがんで、げんこつをかわしたが、背中にムチが飛んでくるのを感じた。チラッと上を見ると、先生のあごがつき出しているのが目に入った。おれはとっさに、ぱっと立ちあがり、気をつけの姿勢をとった。先生のあごにぶつかるよう、ねらいを定めて。先生の歯と歯がぶつかりあう音に快感を覚えながら、今度は勢いよく手をあげて敬礼し、力いっぱい先生の胸のまん中をついた。正直、自分の力におどろいた。ガネル先生はうしろによろけ、死んだウサギみたいなかつらがわなから飛び出して、ぽたりとアスファルトの上に落ちた。

　クラスじゅうが笑いはじめた。ハンス・フィルダーさえ。でも、チビのエリックが、半ズボンのエリックが、漂白剤《ひょうはくざい》容器みたいに陽気な色の髪のエリックが、いちばん笑ってた。もうどうにも止められなくなって、ガネル先生がうしろによろけたひょうしに自分のかつらをふんづけたのを見ると、ますます激しく笑い続けた。

27

でも、笑いごとじゃないと、おれは思ってた。おれはきっとガネル先生に殺される。先生の目は純粋《じゅんすい》な憎《にく》しみでくもってた。先生はムチをかかげ、おれのほうへきた。おれは覚《かく》悟《ご》した。が、最後の瞬間《しゅんかん》、先生は計画を変更した。いいか、チビのエリックはまだ笑ってたんだ。

ガネル先生はエリックの耳をつかんで引きよせると、たたきはじめた。最初はムチで、そしてムチが折れると、次はげんこつで。先生はやめなかった。パンチはどんどん強く、速くなっていった。チビのエリックは体をまるめ、母ちゃんを呼び続けた。

それがまた火に油をそそいだらしく、今度、先生はけりはじめた。どうかなったみたいにけって、かなきり声でわめきちらした。「二度とおれのことを笑うな……敬意をはらえ！」

チビのエリックが泣けば泣くほど、ガネル先生は激しくけり続けた。おれたちはみんなこおりついたみたいに、アスファルトに血が飛びちるのを見ていた。エリック・オーウェンはもう動いていなかった。ガネル先生がチビのエリックの頭の上に軍靴をかかげたとき、おれは先生がなにをしようとしてるのかをさとった。

おれはガネル先生に突進した。ひきょう者のクソ野郎に、思い切り体当たりした。軍靴《ぐんか》はわずかにそれ、チビのエリックの脳《のう》をつぶしそこねた。先生がこれ以上なにもできないように、絶対できないように、おれはもう一度、今度は先生の鼻をなぐりつけた。鼻の折れる音がして、先生はギャッと悲鳴をあげ、血のまじった鼻水が口ひげにしたたり落ちた。

ヘルマン校長に言われて、フィリップス先生がようすを見にきた。おれたちのクラスだけが、集会ホールに集まってなかったのだ。あと五分で、新たな歴史がつくられる。マザーランドからロケットが発射されるのだ。

最初、エリック・オーウェンのまわりに人だかりができてるせいで、フィリップス先生はなにが起こったのかよく見えなかった。

「ガネル先生、どうしたんです？」フィリップス先生がきつい口調で問いただした。

「しつけです、それだけのことですよ」ガネル先生は答えた。

28

フィリップス先生はおびえきった生徒たちをかきわけて、チビのエリック・オーウェンがねじれた袋《ふくろ》みたいに横たわっているのを見た。髪はもう、漂白《ひょうはく》したようなブロンドではなくて、血の赤にそまってた。顔は生の羊肉みたいで、片方の目が眼窩《がんか》からぶらさがっていた。

ガネル先生が体を起こした。みんな、おしだまって、フィリップス先生がエリック・オーウェンの残がいの上にかがむのを見ていた。フィリップス先生はエリックの折れてぶらんとなった腕を持ちあげ、脈《みゃく》をとろうとした。それから、ふりかえって、羊たちの一人に言った。

「助けを呼んでらっしゃい――急いで」生徒は走っていった。「だれがやったの？」フィリップス先生は怒《いか》りでふるえてた。「こんなことをした怪物はだれ？」

「スタンディッシュ・トレッドウェルだ」ガネル先生が言った。

フィリップス先生がおれを見た。「いったいなにがあったの、スタンディッシュ」

おれは先生に話した。

「あなたがやったんですか、ガネル先生？」フィリップス先生は耳を疑うようにたずねた。

「わたしを笑う者は許さない」ガネル先生は血まみれの手で、そこにはないかつらをなでつけた。「わたしには敬意を持ってしかるべきだ。笑い者になどなるものか」

ヘルマン校長が、何人かの教師を引きつれてこちらへ走ってきた。フィリップス先生はチビのエリックの片方の目を閉じ、もう片方をそっと眼窩《がんか》にもどしてやった。そして、のろのろと立ちあがった。スカートに血がついていた。どこもかしこも、血だらけだった。

「救急車を呼んだ。このタイミングで、なかなか呼べなかったが」ヘルマン校長は目を下へ向けようとしなかった。

フィリップス先生は、低くて上を向いた鼻で深く息をすいこむと、ひどく冷静な声で言った。「ヘルマン校長、彼は死にました」

「ふりをしてるだけだ」ガネル先生が言った。「すぐ治る」

「いいえ、治りません」

「スタンディッシュ・トレッドウェルがやったんだ」ガネル先生は言った。

おれはなにも言わなかった。

ヘルマン校長は、まるで宇宙からやってきた怪物でも見るみたいに、おれを見た。

それでも、おれはだまってた。

おどろいたことに、口を開いたのは、ガネル先生のペットの羊、ハンス・フィルダーだった。ハンス・フィルダーは大きな声ではっきりと言った。「スタンディッシュ・トレッドウェルはなんの関係もありません、校長先生。スタンディッシュはチビのエリックを助けようとしたんです。エリックをなぐり殺したのは、ガネル先生です」

「ウソつきめ！」ガネル先生はわめいた。「ウソつきの畜生《ちくしょう》やろう！」

ハンス・フィルダーはすっと背をのばし、まっすぐ先生を見つめた。ブロンドの髪も、安物のビニール袋《ぶくろ》の青色をした目も、激しい怒《いか》りでかがやいていた。

「ぼくはウソはつきません。絶対に」

29

おれは一刻も早く帰って、じいちゃんが無事かたしかめたかった。でも、おれがにげたりすれば、じいちゃんも、月の男も、ウジムシ農場送りになるのは、わかりすぎるくらいわかってた。ウジムシ農場にいったら最後、ハエのえさになるだけだ。

学校じゅうが、この記念すべきできごとを祝うため、体育館に集まっていた。ゆですぎたキャベツとタバコと腐敗《ふはい》のにおいがする。先生たちは喜んで首輪をつけてんだ。あわれなろくでなしのバカども。

しずまり返った体育館で、おれは声をかぎりにさけびたかった。

どうしてあんたたちの中に、おれたちを守ってくれるオオカミはいないんだ？〈教師〉。この言葉の意味を考えてくれ。教師。教師っていうのは、教えるためにいるんだろ。生徒の脳《のう》みそが飛び出るまでなぐりつけるんじゃなくて。

悪い知らせはあっという間に広まる。言葉は必要としない。チビのエリック・オーウェンを知らない者たちすら、彼が死んだことは知っていた。

チビのエリックにほこりよけ用のカバーをかけたのは、学校の管理人だった。エリックのぼろぼろの死体は校庭に打ち捨てられたままだった。だれひとり、この歴史的な日を中絶することは許されなかったのだ。血も涙もないが純血ならある非人間が人間を月に送る日を。

30

31

マザーランドのでかい旗が、体育館の奥の壁をおおってた。そしてその前にある、間に合わせの台座の上に、間に合わせのテレビが置かれてた。今日の大いなる偉業《いぎょう》のために、占領地《せんりょうち》じゅうの学校に、ちゃんと映るテレビが一日だけ、貸し出されたのだ。

数学のミュラー先生は、なんとか画面のゆがみを直そうと、アンテナを持った手をふりまわして、いろんな高さを試してた。

「そこだ、そこで止めろ」ヘルマン校長がどなる。

「この角度でずっと両手をあげていられるわけないだろ。ばかげてる!」ミュラー先生は、ノミだらけのごわごわした口ひげに向かってはき捨てた。

そこで、帽子《ぼうし》かけを使うことになった。人類が月にいったり、人を殺したりしてるこの時代に、すばらしく科学的な解決法だ。テレビはまだ調子が悪かった。映像はくだけちり、映ってはまた消えた。

「みんな、見えてるか？」ミュラー先生はきいた。

だれもひと言も言わなかった。もういろんなものを見すぎるほど見ていた。

32

ヘクターとおれはよく人形劇を演じた――いや、「演じさせた」、が正しいか？　とにかく、舞台は古い箱で作った。ミュラー先生も、あんなオンボロから映像をひねり出そうとするくらいなら、人形劇をすりゃよかったんだ。そっちのほうがよっぽどわかりやすかったと思う。グラグラするロケットにワイヤーをつけて、グラグラする月のほうへ引っぱって、グラグラするチーズみたいな月面を、アルミホイル製の宇宙飛行士に歩かせるだけでよかったんだから。

いいか、歴史的瞬間《しゅんかん》を見ようが見まいが、おれは青いオウムがはいてるチュチュほども気にならなかった。たぶん――いや、たぶんじゃない、これについちゃ、たぶんなんてない。はっきりと、おれは思ったんだ。アオバエと革コートの男たち、もしくはヘクターが言ってたみたいに火星人でもいいけど、とにかくやつらは、地球に来たり月にいったりしないで自分たちのクソ最低な星にもどりゃいいって。連中の純血がどうとかなんてクソ話はこれっぽっちも信じちゃいない。あのクソマヌケな連中には純粋なものなんてかけらもありゃしない。

そんなクソ話は、マザーランドの大統領がおれたちに向かってする演説と同類だ。能なしの火星人の指導者。あの女はいつも同じで、けっして変わらない。髪は鋼線《こうせん》で組み立てられたみたいで、目はまばたきひとつしない。おれはだまされない。絶対に。あのパーフェクト・プロパガンダな化粧《けしょう》の下には、赤いうろこでおおわれた皮膚《ひふ》と口代わりの穴がかくれてるんだ。あの女の言葉はイモ虫だ。不安な心にもぐりこんでいって、自由な思想をすべてくさらせてしまう。

「今日こそ、われわれ純血なる民は、われわれの技術が勝っているということを世界に思い知らせてやるのです。偉大《いだい》なるマザーラン

ド を滅亡《めつぼう》させようとたくらむ邪悪《じゃあく》な国々に」

大統領はいつものオリンピック的演説をノンストップでくりひろげた。演説が終わると、おれたちは全員、くるみ割り人形の兵士の隊列《たいれつ》よろしく起立した。そして、敬礼。だが、おれは気づいた。この学校で初めて見る、弱々しい敬礼だったことに。ガネル先生の腕だけが旗ざおみたいにつき出されていたが、やつのあめ玉みたいな目はくもりきっていた。

おれたちはまた、床《ゆか》にあぐらをかいてすわった。すると、おどろいたことに、ふいに画像が鮮明《せんめい》になり、三人の宇宙飛行士の写真が現われた。三人の名前が、画面にぱっと映し出される。忘れられない名であるはずの名前。おれには覚えることのできない名前。おれにとっては、これもまた、判読不可能の長い言葉でしかない。判読不可能な言葉が、また別の判読不可能な言葉へとつながってるだけだ。

彼らの名前は、〈ゾーン7〉じゅうにはられた写真にも書かれていた。ARO5、SOL3、ELD9。月の男がやってきたあと、おれは改めてその文字をながめてみた。文字の中には、月の男の宇宙服にプリントされてるのと同じものもあった。そして今、またその文字がテレビに映し出されてる。それぞれの宇宙飛行士の写真も、意味のわからない言葉といっしょに映ってる。

ＡＲＯ５。髪はきれいに刈《か》られ、短い毛が立ってる。となりは、いつも通りＳＯＬ３。顔がみがかれたみたいに真っ白で、光ってる。彼こそが、純血のマザーたちのいちばんの英雄だってことは、おれも知ってる。そして最後がＥＬＤ９。坊主頭《ぼうず》で、顔は栄養が行きとどいて、パンパンになって、はじけてる。でも、彼が本当はどんな顔をしてるか、おれは知ってる。

月の男の宇宙服にプリントされてるのは、このＥＬＤ９の文字だ。ＥＬＤ９はマザーランドにはいない。おれんちの地下室にいるから。

33

テレビカメラがコントロール室のほうを映し出した。その時点まで、おれはこのクソ最低な状況からぬけ出す方法があるんじゃないかと思ってた。でも、そんなもんはないってわかった。コントロール室には軍服や白衣を着た男たちがうじゃうじゃいた。

おれは立って、無鉄砲を撃《う》つことにした。まず、手足を思い切りのばした。それから、実際、立ちあがると、いちばん前まで歩いていった。そして見た。テレビに映ってる科学者たちの中にたしかにラッシュさんがいるのを——おい、待て、画面を切りかえるな。

コンチクショー。おれの思ったとおりだった。靴の中に鉛《なまり》の石が入ってるみたいだ。頭の中にも。心にも。そして、おれは秘密を知った。ヘクターがおれに話そうとしなかった秘密、月の男がしゃべることのできない秘密を。

34

ロケットはうすいねずみ色の空に向かって発射された。もちろん画面は白黒だから、色はコメンテーターが説明した。ぬり絵の指示書きみたいに、ロケットは赤、空は青、って。でも、おれにはぜんぶ、ただのねずみ色に見えた。ロケットはぐんぐん空へあがっていって、最後には小さな点になった。

体育館の外がさわがしくなった。革コートの男がもどってきたのだ。今度は、アオバエと刑事たちを引きつれていた。刑事たちは四角いフレームのサングラスをかけてた。あれじゃ、証拠が見つけにくそうだ。

革コートの男が革手袋をはめたまま、指を鳴らすと、アオバエたちはいっせいに体育館へ入ってきた。一人がテレビを消し、ガネル先生が外へ連れだされた。ヘルマン校長は生徒たちに、教室にもどるように指示をした。おつむパーフェクトのハンス・フィルダーはクラスのまとめ役に任命された。

おれは窓側にすわってたけど、もう白日夢《はくじつむ》は見ていなかった。現実がたっぷりありすぎて、白日夢《はくじつむ》は閉め出されちまった。チビのエリックの死体に、ペンキの飛びちった白いカバーがかけられてるのが見える。赤いしみがうき出てる。その上を飛び交うハエたちが、後光のように見えた。

ハンス・フィルダーは明らかにそわそわしてた。やつは、ガネル先生の椅子《いす》にすわってた。だれもしゃべらない。すると、ついに刑事がドアを半分だけ開けて、おれたち二人の名前を呼んだ。

こうなるとおれはわかってたし、ハンス・フィルダーもわかってた。おれたちは刑事のあとについて階段をおり、校長室の外のベンチまでいった。左右そろった靴下と長ズボンのハンス・フィルダー

は、一度もここにすわったことがないに決まってる。おれ自身は、これが最後になる予感がした。地下室に月の男がいるのが見つかったら、おれとじいちゃんはどうなるのか、考えるのもいやだった。

ハンス・フィルダーが呼ばれた。ハンス・フィルダーはうきあがるUFOみたいに、ベンチからぐうんと立ちあがった。ドアが閉まり、アオバエの一人が胸の前でライフルをななめにかまえ、校長室の見張りに立った。いや、おれを見張ってんのかもしれない。どっちかはわからない。

話し声が聞こえた。それから、ヘルマン校長のムチの音がした。ハンス・フィルダーはふたたびろうかにはき出された。ズボンがぬれてる。ヘルマン校長にたたかれたあとは、たいていのやつがそうなる。いつもより、強くたたいたんだろう。革コートの男にいいところを見せなきゃならないから。安物の時計を手放さないためには、それしかない。

次がおれの番だった。

35

革コートの男は、ヘルマン校長の椅子《いす》にすわってた。ヘルマン校長は背すじをのばして立ち、手首をもんでいた。黒い白髪《しらが》ぞめがあせとまじりあって首のうしろにたれていた。

「また会ったな、スタンディッシュ・トレッドウェル」革コートの男は言った。

おれはうなずいた。革コートの男は片方の手袋《てぶくろ》を外した。むき出しになった手は大きく、死んだ魚みたいに生っちろい。前の机に、ヘルマン校長の時計がおいてあった。

「さっきは気づかなかった。おまえの目は左右の色がちがうのだな。片方はブルー、そしてもう片方はライトブラウン」

詩的に言ってるつもりか？　それとも単に見たままを言ってんのか？　ひと目でわかる欠かんがふたつあるって？

おれはだまってた。

「おまえはわたしとの面会でなにを話したか、言わなかったせいでクラスメートになぐられた。そういうことか？」革コートの男は言った。

それには答えられる。「はい、閣下《かっか》」

「なぜ言わなかった？」

「それはおれの話で、ほかのやつらには関係ないからです」

革コートの男は、入念にじっくりとおれを観察した。

おれはせいいっぱい、無表情な顔をしていた。頭がよくて、知ってもいい以上のことを知っちまった場合、ブルーの野原の上に広がるグリーンの空みたいに目立っちまう。そして、言うまでもなく、そういう絵を描く芸術家は「殺菌《さっきん》」されるべきだと、マザーランドの大統領は信じてる。

ムチでたたかれるか、どこかへ連れてかれるのを、覚悟《かくご》した。

「スタンディッシュ・トレッドウェル」革コートの男は言った。「わたしは一瞬《いっしゅん》たりとも、おまえが愚《おろ》かだなどと思ったことはないぞ。おまえはそう信じこませようとしているようだが」

おれは口を閉じていた。

「おまえの頭の中では、いろいろなことが起こっている。母なる自然《マザーネイチャー》が、死すべき運命にある者たちは『愚《おろ》か』であるようもくろんだことは知っているか？　おろか者は、クソやクリームみたいに表面にうかびあがってくる。愚《おろ》かというのは、みんなそろって、言われたことをやるという意味だ。おろか者は教師の鼻を折ったりしない。たとえその教師が、同級生の生徒を殺しかけていたとしてもな。おろか者はただ立ってながめているだけだ。おまえは愚《おろ》かではないな、スタンディッシュ・トレッドウェル？」

革コートの男は、いきなりむき出しのこぶしをヘルマン校長の時計の上にふりおろした。時計はピシッという心地よい音を立ててくだけ、小さな時間の歯車が机の上を転がっていった。

ヘルマン校長はふるえてた。

「わたしは答えを待っているんだ」革コートの男は手でさっとはらい、時間のかけらをごみ箱に消し去った。

おれは言った。「かしこい人間なら、はっきり見えないように片目をつぶったと思います」

「どちらの目だ、トレッドウェル。ブルーかブラウンか？」革コートの男は笑った。ダダダダダという前奏のような笑い声をひびかせ、革コートの男はヘルマン校長のほうを見た。

「どう思うかね？」革コートの男は笑みをうかべたままたずねた。

「思うに」ヘルマン校長は鋼《はがね》で溶接《ようせつ》されちまった歯のあいだから声をしぼりだした。「わたくしが思うに、スタンディッシュ・トレッドウェルは放校でしょう」

「もっと早くそうすべきだったな」革コートの男は言った。

36

このあと、どうすべきなのか、わからなかった。なので、おれはだれのつきそいもなしに歩いて教室にもどった。これはなにかのわなにちがいないって思ってた。一階におりたところで足を止め、窓から校庭をながめた。革コートの男がガネル先生を連れて、チビのエリックの死体の横を歩いていく。と、ふいに足を止めた。ガネル先生ははっとしたように見えた。革コートの男は落ち着きはらったようすでホルスターから銃《じゅう》を取り出すと、銃《じゅう》身《しん》をガネル先生のこめかみに向けた。一発の銃声《じゅうせい》がひびき、校庭をはねまわった。ガネル先生はばったりと地面にたおれた。

おれはどう思ったかって？　なんとも思わなかった。

37

教室では、ハンス・フィルダーがはさみを持って、劣等生《れっとうせい》専用のすみに立ってた。ズボンをロビンソン・クルーソーふうに短くしたんだ。あの長ズボンを手に入れるために、やつの母親はどれだけのウソをでっちあげたんだろう。なのに、当の自分の手の上に反逆者がいるのを知ったら、喜ばないだろう。だが、それはやつの母親の問題で、おれの問題じゃない。ああ、おれの問題はゾウくらいでかい。いったいゾウなんてどうやって片づければいいんですか、先生？　少しずつ、ほんの少しずつ腹ん中に片づけるのさ。

38

おれたちのことを見張ってるアオバエに、放校になったことを話した。アオバエはなにも言わなかった。やつらのマニュアルには、非協力的な生徒のあつかい方はのってないんだろう。クラスの連中は全員、うつむいてた。羊の群れの中で、おれは望まれてない。おれは自分の席にもどった。バカみたいな気がしたし、どうすればいいかわからなかったから、机のふたを持ちあげた。中にメモがとめてあった。でかい字で書いてあったから、おれでも、そう、文字が読めないおれでも、読めた。

あなたとおじいさんに
大きな危険がせまっています。
今夜、〈反逆者〉が
お客をむかえにいきます。

要点はわかった。メモをズボンのポケットに入れる。机の中は、それ以外なにも入ってなかった。教室の窓から、バンが校庭に入ってくるのが見えた。二人の看護兵が、アオバエに見張られながら、チビのエリック・オーウェンの死体をそっと持ちあげた。それから、それよりはぞんざいに、ガネル先生の死体を持ちあげ、二体ともバンにのせた。

メモによれば、今度こそ、刑務所釈放《けいむしょしゃくほう》カード（ゲームのモノポリーの刑務所《けいむしょ》から出られるカード）はないってことだ。

ろうかに出ると、フィリップス先生がきた。スカートはまだ血でぬれたままだった。ひと言も言わずに通りすぎていったから、肩に指がふれたのを感じて、おれはとびあがりそうになった。フィリップス先生は、時計じかけのカメラが別の方向を向いたすきに、急いでもどってきた。

先生はおれの耳元でささやいた。「ハリーに、彼らに知られてるって伝えて」それからまた、カメラが次に先生をとらえるはずの場所にかけもどった。

おれはせいいっぱいぼんやりした顔をたもとうとしたけど、フィリップス先生が言ったことを考えながらだと、むずかしかった。

39

アスファルトにはまだ血がついていた。チビのエリックのすりきれてぼろぼろの靴も捨て置かれたまま、転がってる。靴の底はメガホン級の声でさけんでた。

「スタンディッシュ、目を覚ませ！　大バカの白日夢《はくじつむ》やろう！　目を覚ますんだ！　目を覚まさないと、おれみたいに死ぬことになるぞ」

警備小屋にいる管理人は新聞から顔をあげもしなかった。放校になったと告げようとしたが、管理人はボタンをおして、電気式の校門を開けた。おれはのろのろと、カタツムリ並みののろさで学校を出た。どうしてだれも止めないんだと思いながら。

40

こんな残虐《ざんぎゃく》なことを見たのは初めてだったかって？　このくらい、みんな見てる。予期せぬおそろしい死は、ほかのなにより、人々に冷静さと秩序《ちつじょ》をもたらすから。

おれはせいいっぱい、むかしのおれをまねした。白日夢《はくじつむ》にふけってるように見えるおれを。おれの計画はシンプルだった。家に帰るのだ。

「スタンディッシュ！」

道路の向こうからやってきたのは、じいちゃんだった。おれたちはけっして走ろうとしなかった。注意を引くからだ。じいちゃんとおれが〈ゾーン７〉でなにより望んでるのは、注意を引かないことだ。

じいちゃんのところまでいくと、おれはきいた。「どこにいたの？」

「古い教会だ。テレビを見てた」

それで、やっと気づいた。雷《かみなり》に打たれたみたいに。だれかが、じいちゃんにおれをむかえにいけって命令したんだ。

「学校で問題があったと聞いた」

「うん。ガネル先生がチビのエリック・オーウェンを殺して、おれは放校になった」

じいちゃんはおれの肩に手をかけ、ぎゅっと力を入れた。それがすべてを物語っていた。おまえが無事でよかったってことだ。

おれたちはそのまま、わざとゆっくりと、むかし商店街があったほうまで歩いていった。前はほしいものが売られてたけど、今はちがう。店はすべて、板が打ちつけられていた。

声をひそめ、これ以上小さくならないってくらい小さくして、おれは言った。じいちゃんがこっちへ体をよせなきゃならないくらい。「これはわなだ」

「わかってる」じいちゃんは答えた。

状況《じょうきょう》が悪く思えても、おれにとって、常にじいちゃんは巨人だった。巨人は巨人でも、怪物的要素のまるでない巨人だった。

41

男が二人、車でおれたちを尾行《びこう》していた。私服の刑事だ。

じいちゃんは、天気のいい夏の午後だなって感じでおれにほほえんだ。今日は、誇《ほこ》るべき日だというように。

「マザーランドの大統領の演説は聞いたか？」じいちゃんはきいた。

「うん」おれは言った。「あ、でも、ちゃんとは聞いてない。テレビが……」

車の男の一人は、双眼鏡《そうがんきょう》を持ってた。くちびるの動きを読んでるのだ。

おれは言った。「宇宙飛行士がロケットのほうへ歩いていくのを見た？　すごいよね。勇敢《ゆうかん》だなあ」

「すばらしかったな」じいちゃんも言った。「月から発射できるミサイルがあんなにあるとはな。これで安心だ。マザーランドの敵はもうおしまいだな」

「そこは見られなかったんだ。ちょうどガネル先生が撃《う》たれたときだったのかも」

おれたちがあまりたいくつだったからか、もっと大事な用事ができたのか、刑事たちはこれ以上見張る必要はないと思ったらしく、走り去った。

おれたちはそのまま歩いて、ロータリーの使われてないバス待合所の前を通って、だれもいない道路を渡った。それからようやく、おれはチビのエリックのことを話した。それから、メモとフィリップス先生のことも。じいちゃんはじっと耳をかたむけながら、そのひとつひとつの意味を考えていた。

うちの通りのはしには、おんどりの胸みたいなでかい家が並んでる。純血の家族たちがくらす家だ。どの家も立派だけど、その実、死人の骨から作ったにかわでくっつけられてるのだ。

その反対側の、道路のつき当たりに、見るもぞっとする建物——例の「館《やかた》」があった。最初燃えたときに、灰のままにしときゃよかったんだ。これも、すべてはあるべき姿にあるっていう演出なんだろう。言っとくけど、実際はそうじゃない。

そのでかくてみにくい建物には、明かりがついてた。星よりも、それどころか昼間よりも、明るい。たいしたもんだ。〈ゾーン7〉の住人たちの中には、あえて理由をきこうとする者はいない。中でなにが行われてるんだ、なんて。心の中で思うだけだ。どうして大量の電気が必要なんだ？　おれたちなんて、一日一時間か二時間使えるだけでラッキーなのに？　耳をすませば、〈ゾーン7〉の住人たちの声なき問いが聞こえる。問いは町中をはい回り、会う人間、会う人間からにじみ出てくる。

その答えがなにか、想像さえつかないほうがよかったんだ。だが、おれにはついていた。

道路の陥没《かんぼつ》した部分から木がはえ、通りのあとの部分をかくしていた。通りにたっていた家は、今ではただのがれきとなっている。テロリストや好ましくない者たちのかくれ家《が》にならないよう、破壊《はかい》されたのだ。

その夏、この見捨てられた郊外の、くずれたレンガやモルタルの中にぽっと白いバラが咲《さ》いた。じいちゃんは、人類が愚《おろ》かで自らをほろぼすことになっても、少なくともネズミやゴキブリたちは最前列で母なる自然《マザーネイチャー》が人類から地球を取りもどすショーを見物できるな、と言った。

42

うちの前に、二台の黒ぬりの車がとまっていた。テレビが運び出されていくのが見えた。

「あの人が見つかっちゃったら、どうする？」おれは小声できいた。

「見つからんよ。たとえ犬どもを連れてたとしてもな。メンドリのことすら、見つけられないさ」

「じゃあ、どうしてテレビは持っていかせたの？」

これで、コッカ・コーラスの国のボールでおどってる、ウソくさいほどきれいな女の人ともさよならだ。

「そうしないと、ますます疑われるからだ。なにかよからぬことをたくらんでるんじゃないかと思われる。ほかの罪《つみ》に比べりゃ、テレビを没収《ぼっしゅう》されるくらいなんでもないさ」

あまりなぐさめにならなかった。

43

あのひどい冬のあと、三月のおれの誕生日にじいちゃんがサッカーボールをくれた。八か月前にヘクターがきてからいろいろなことが変わったせいで、おれはすっかりサッカーボールのことを忘れてた。じいちゃんはボールを修理して、古新聞紙でプレゼント用につつんでくれた。

「けっても大丈夫？　それとも見るだけ？」ヘクターはきいた。

「祖国のためにプレイすることだってできるさ」じいちゃんは言った。

ラッシュさんの奥さんは何週間もかけて、誕生日ケーキに必要な材料を集めてくれた。奥さんは、ケーキの秘訣《ひけつ》は、わたしの作り方《レシピ》なのよ、と教えてくれた。この場合、奥さんの特別のレシピを教えるのと交換《こうかん》で、バターと砂糖を手に入れてくれたって意味だ。ラッシュさんの奥さんは、なにもないところから食事を作りだす天才だ。その能力が、交換《こうかん》できるものってわけ。

これまでで最高の誕生日のごちそうだった。父さんと母さんのことは忘れようとした。二人のことを考えると、あまりにつらいからだ。でも、父さんと母さんは、おれが白日夢《はくじつむ》でつくった固い壁《バリア》をしょっちゅう破って入りこんできた。

父さんと母さんがおれの学校で教師をしていたとき、父さんは少なくとも、党の路線を守ってるように見せようと、努力していた。でも、母さんはちがった。ばかげたことを子どもたちに教える気はないってことを、ガラスみたいにはっきりさせてた。子どもたちはもっといい教育を受ける資格があるって。純血のマザーたちは母さんを憎《にく》んだ。長ズボンの息子たちを、半ズボンの子たちと同じようにあつかうからだ。

ある日、いきなりアオバエたちがうちにやってきて、母さんを引きずっていった。母さんは台所のテーブルにしがみついたけど、つかめたのはテーブルクロスだけだった。なにもかも床《ゆか》に落ちて、粉々になった。じいちゃんはありったけの力で父さんをおさえこんだ。じゃなきゃ、今ごろ、家族全員ウジムシのえさになってただろう。それまでおれは、父さんが泣いてるのを見たことがなかった。そのとき、自分がどうしてたかは覚えてない。その場にいなかったのかもしれない。次の日、母さんは車で送りかえされてきた。

おれは母さんにかけよった。でも、その目を見て、母さんにはおれがだれだかわかってないことがわかった。口の両わきから血が流れてた。母さんはなにも言わなかった。ひと言も。台所のテーブルにすわっても、だまってた。父さんはひざまずいて、なんとか母さんの口をこじあけた。じいちゃんはおれの目を手でかくして、台所から連れだした。

その夜、父さんがきて、ここから出ていかなければならないと言った。おれはじいちゃんと残れ、と父さんは言った。むかえにもどってくるから。そう、父さんは約束した。

だから、おれは今も待ってる。

44

じいちゃんとヘクターの両親は、庭同士をつなげてでかい野菜畑を作った。次の冬に必要な食料のほとんどをここでまかなうつもりだった。さらに、もうひとつあった庭も自分たちのものにした。そこはものを育てるのにはあまり向いてなかったけど、鉢植《はちう》え用の小屋がたっていた。

野菜畑を作ったということは、サッカーをする場所がなくなったということだった。道路は、四時の外出禁止令のせいで競技区域外だ。となると、残るのは、塀《へい》の反対側の公園だった。入っちゃいけないのは知ってたし、はっきりとそう言われてた。おれはヘクターに、そもそもどうやってしぼんだボールを見つけたのかを話して聞かせた。そのとき、公園でアオバエは見かけなかったことも。問題は、サッカーボールを手に入れた今、遊びたいという誘惑《ゆうわく》には勝てないってことだった。かんたんなことだ。防空壕《ぼうくうごう》のトンネルを通って、公園にいくだけなんだから。最初はガラスの橋をたたいて渡るってくらい慎重《しんちょう》だったけど、アオバエはいないし、じいちゃんもラッシュさんたちもぜんぜん気づいてないことがわかると、次第に好き放題に出入りするようになった。

　しばらくやめたほうがいいだろうってことになったのは、庭に面して立ってる塀《へい》が高くなりはじめたからだった。少なくとも高くなるのが止まるまでは、待ったほうがいいだろう。ところが、塀《へい》は高くなり続けた。どうしてそんなことをするのか、さっぱりわからなかった。もともと落ちたら首の骨が折れるくらい高かったのに。これ以上高くしてどうするんだ？

　おれたちは、じいちゃんとラッシュさんたちが「またはじまった」と言ってるのを、耳にした。

ヘクターにもおれにも、意味がわからなかった。

「なにがまた始まったんですか？」おれは食事のとき、ラッシュさんにきいた。

ラッシュさんと奥さんは答えを求めるように、じいちゃんのほうを見た。じいちゃんは言葉をむだにするタイプじゃないので、だまってた。

塀《へい》はすぐに、うちより高くはないにしろ、同じくらいになった。野菜畑に長い影が落ちるようになり、太陽の光はさえぎられた。〈ゾーン7〉の住人も、長い影につつまれた。

45

ロケットが発射される八、九週間前だったと思う。ヘクターとおれは、小屋の横の塀《へい》の近くでサッカーをしてた。ここの舗装《ほそう》はひどかった。ゲームが最高に盛りあがったとき、おれはボールを空高くけりあげた。わざとじゃない。あんな高くけるつもりじゃなかったんだ。ボールは、塀《へい》をこえていった。コンチクショウ。自分のやらかしたことが信じられなくて、おれたち二人ともあんぐりと口を開けて立ちつくした。

「いいさ。おれがぱっとトンネル通って、探してくる」ヘクターが言った。

「だめだ。危ないよ。ボールはなくなっちまった。忘れよう」

問題は、ヘクターは忘れられなかったことだった。

46

ボールをなくしてから、毎日雨だったから、ラッシュさんとじいちゃんはボールがなくなったことに気づかなかった。

ヘクターとおれは屋根裏でロケットを作るのに没頭《ぼっとう》した。新聞は、月面着陸計画の記事だらけだった。おれは「新聞」って言葉を覚えた。この言葉を目にしたのは、初めてだった。じいちゃんはいつも、「プロパガンダの紙くず」って呼んでたから。

ヘクターが新聞の内容を読んでくれた。いつも同じくだらない記事だった。偉大《いだい》なるマザーランドのこととか、宇宙を征服する宇宙飛行士がいかに純血かとか。しまいには、紙は字が書いてないほうがよっぽど使えるって結論に達した。ただし、写真はいい。おれたちは写真だけ切りぬいて、あとはロケットを作るための材料にした。

「なあ、スタンディッシュ、もし宇宙にいくなら、月はやめようぜ。新聞に書いてあるようなもんがあるだけなんだから」ヘクターは言った。

ジュニパー星を見つけたのは、おれだ。見つけたのはおれの頭の中だけど、べつにかまいやしない。ヘクターは、おれが思いついた中でいちばんの発見だって言ってくれた。

おれは惑星《わくせい》の絵を描いた。ジュニパー星人の絵も描いた。ロケットの絵も。空に穴をあけるような形じゃなくて、もっと空飛ぶ円盤《えんばん》に似てるやつ。それを屋根裏で作ろうと決めたのは、ヘクターだ。おれたちは二人で必要なものを集めはじめた。なにもないところから、宇宙船を作るのはかんたんじゃない。今は、なにもかもが利用され、再利用され、再々利用されてるから。「がらくたすらありゃしない」なんてセリフは、もはやジョークじゃないんだ。

でも、おれがサッカーボールを塀《へい》の向こうにけっちまって、雨ばかりだったその週、ラッシュさんの奥さんが古いアイロン台のカバーをくれた。電気がないんだから、アイロンをかけたってしょうがない。時間のむだ、望むだけむだ。いやマジで、アイロン台のカバーのおかげで、宇宙で焼けこげるか凍死《とうし》するかもって心配がなくなった。

前にラッシュさんが言ってるのを聞いたことがある。「あんなただの銀箔《ぎんぱく》で、放射線帯をつきぬけられるって信じてるなら、やつらはバカだ」

アイロン台のカバーを手に入れた今、もう心配はないとおれは思った。

おれはラッシュさんに、地球から月までどれくらいあるかきいてみた。

「だいたい二二万一四六三マイルだ」

ラッシュさんはマジで歩くヒャッカリョーラン、、、、、、だよ。

空飛ぶ円盤《えんばん》がほとんどできあがったとき、ヘクターが病気になった。

47

ラッシュさんの奥さんは医者だったけど、看病する以外、ヘクターにしてやれることはなかった。薬のない医者なんて、ピアノのないピアニストと同じだと、ラッシュさんの奥さんは言った。

じいちゃんは、なんとかしてアスピリンをひねり出そうとした。かんたんなことじゃなかった。結局のところ、おれたちはこの通りに残された最後の家族で、二倍にふくれあがったおんどりの胸みたいな家にのこのこ出かけてって、助けてくれなんて言うわけにはいかない。じいちゃんいわく、それはロースト肉になるいちばんの早道だ。

アオバエが〈ゾーン7〉の健康で丈夫な者たちを残らずかき集めたのは、ヘクターが高熱を出してたときだった。やつらは、ヘクターをおいていった。ヘクターはまっすぐ立つこともできなかったんだ。でも、ラッシュさんの奥さんがヘクターのところに残るのは、許さなかった。

　おれたちは通りのつき当たりの、みにくい建物の前に連れてかれた。フィルダー夫人と仲間の純血マザーたちも、参加させられてた。いい兆候《ちょうこう》だとおれは思った。

ラッシュさんが暗い顔で言った。「〈ゾーン7〉には、いい兆候《ちょうこう》なんてない」

おれたちはみんなでひとかたまりになって立ってた。数百人はいる。集まってる人たちの中に、フィリップス先生がいるのが見えた。先生はじりじりとこっちに近づいてきて、じいちゃんの横に立った。アオバエは銃《じゅう》の台尻《だいじり》でおれたちをこづきまわし、栄養の行きとどいた長ズボン軍団を選んで、前列に立たせた。おれたちの前の演壇《えんだん》には、カメラを持った男たちがかまえてた。おれたちは待った。

　向こうから超高級車が現われ、おれたちの前で止まると、レインコート姿の男がおりてきた。ひどい髪型だ。なにしにきたのか、おれには雪のひとひらほどもうかばなかった。男は立ったまま、なにも言わなかったが、革コートの男がメガホンに向かってどなった。おまえたち野蛮人《バーバーリアン》の言葉を話す者は手をあげろと言う。おどろいたことに、じいちゃんとおれとラッシュさん以外、全員手をあげた。おれたちはおろしたままだった。カメラが光り、フラッシュがひらめく。バーバーリアン語なんて聞いたことがなかった。バーバーってたしか、床屋だろ？　たぶんあのひどい髪型となにか関係あるんだろう。だからおれは手をあげなかったんだ。じいちゃんもだ。じいちゃんがあげなかったのは、全員がマザーランドに敬礼してるように見せるための策略《さくりゃく》だってわかったからだし、おれたちは敬礼なんてしないからだった。

留守のあいだ、ヘクターがずっとねむっていたのを知って、ラッシュさんの奥さんは喜んだ。もっといいのは、じいちゃんがアスピリンを手に入れたことだった。

バーバーリアン語をしゃべるかどうか聞かれたことを話すと、ヘクターは弱々しくほほえんだ。

「それってさ、ひどい髪型のレインコートの男となにか、関係があるのかな」

「スタンディッシュ」ヘクターは言った。「その男は最高司令官だよ」

「あのひどい髪型の男が、おれたちがうばわれた土地の責任者ってことか？」

ヘクターは目を閉じた。ねむったのかと思ったとき、ヘクターは笑いはじめた。

「おまえだけだよ、スタンディッシュ。おまえだけだ」

毎日、おれは学校にいき、毎日、ヘクターがよくなってることを祈《いの》りながら家に帰った。そしてついに熱はさがり、ラッシュさんの奥さんが、峠《とうげ》は越したと言った。

病気に「峠《とうげ》」があるなんて、知らなかった。

天候も変化した。雨はやみ、ヘクターは無理をしないかぎり、ベッドから出ることを許された。でも、ヘクターは無理をしないなんてできなかった。そういうのは、ヘクターのやり方じゃないんだ。

そのころには、空飛ぶ円盤《えんばん》はほとんど完成してた。おれたちは見つけられるかぎりの新聞紙を集め、宇宙船を守るために何枚もはりつ

48

けた。ちょうど二人乗れる大きさで、古い缶《かん》やふたで作ったコントロール盤《ばん》があり、おれたちはまん中のクッションにすわれるようになっていた。

いやマジで、来週くらいにはジュニパー星着陸に向けて旅立つんだって、おれは全身全霊《ぜんれい》で信じてたんだ。

49

ヘクターはぼんやりしてた。どうしたのかきいてみたけど、なにも言わない。病気のせいで、おれが思ってるより、ダメージを受けたのかもしれない。でも、こんなヘクターは見たことがない。おれがなにかしちまったんだろうか。

学校にもどった最初の日、帰り道を歩いてるときに、ヘクターが言った。「スタンディッシュ、ちょっかいを出してくるやつらのことは無視しろよ。やつらの誘《さそ》いには乗るな。あいつらはそれをねらってんだから」

「わかってる」おれは言った。「どっちにしろ、もうちょっかいは出してこないさ。ヘクターがもどってきたから」
ヘクターは長いあいだ、だまってた。
それから言った。「おれにたよるな」

50

その日の午後、おれたちが食事をとってるときだった。まだ明るくて、ボールをけったって、問題なさそうだった。

じいちゃんはゆでたジャガイモを運んできて、ふときいた。「サッカーボールはどうした？　最近見てないな」

おれたちが――っていうかおれが、塀《へい》の向こうにけっちまったんだ、と言おうとしたとき、ヘクターが言った。「とってきます」

おれは食べるのをやめた。いきなり食欲がなくなった。ヘクターが赤いサッカーボールを持ってもどってきたあとは、もうなにも食いたくなかった。つまり、防空壕《ぼうくうごう》のトンネルを通って、何だか知らないけど、高くなった塀《へい》の向こう側にあるものを見たってことだからだ。

ラッシュさんの奥さんとじいちゃんは、ヘクターがやったことに気づいたようすはなかった。ラッシュさんだけが、わかってるみたいだった。

51

その夜、明かりが消えたあと、おれはヘクターに塀《へい》の向こう側にはなにがあるか、きいてみた。

「寝ろよ」

「ねむれないよ。おれになにか、かくしてるだろ」

ヘクターは体を起こした。うちの壁はうすい。ヘクターは口に指をあてた。月がむき出しの床板《ゆかいた》にこぼした光のおかげで、ヘクターがはっきりと見えた。

おれたちはそろそろと屋根裏にあがった。明かりは、びんに立てたろうそく一本だけだ。それと、もちろん月と。

屋根裏について、はしごを引きあげると、おれはきいた。「塀《へい》の向こうにはなにがあるんだ？」

「なにもない」

「うそだ。どうしておれにうそをつくんだ？」

「いいか。おれはボールを取り返した。それでじゅうぶんだろ？」

ヘクターは言った。

「いいや。なにを見たか、言えよ」

「無理だ」

「どうして？」

「どうしてもだ。秘密にするって約束したからだ」

「だれに約束したんだよ？」

「父だよ。約束は破れない」

おれは頭にきた。足が氷みたいに冷たいし、チクショー、ベッドにもどろう、とおれは思った。

「スタンディッシュ」おれがはねあげ戸を持ちあげようとすると、ヘクターが呼びかけた。「宇宙船を飛ばしたいんだろ？」

おれは張り子のロケットを見て言った。「おまえはただのゲームだと思ってる。ジュニパー星なんて、信じてない。おれがでっちあげただけだって――」

「そうじゃない、スタンディッシュ。おれは信じてる」ヘクターがさえぎった。「おれたちが持ってる中でいちばんいいものは想像力だって、信じてる。そしておまえがそれをしこたま持ってるって」

おれたちはアイロン台のカバーのついた、ダンボール製の空飛ぶ円盤《えんばん》の中にすわった。月の光が切りこむように、屋根の穴から部屋を照らしてた。

「むかし、タイカーの町にあるでかい家に住んでたころは、料理をする使用人と掃除《そうじ》をする使用人がいた」ヘクターはしずかに話しはじめた。「なにもかもが、みがき剤《ざい》と金のにおいをぷんぷんさせてたよ。そういうものをぜんぶとりあげられ、おれたちは〈ゾーン7〉に送られた」

「どうして?」

「父がしたことのせいだ」

「なにをしたんだ？」

ヘクターはだまってたけど、やがて口を開いた。「おまえは知らないほうがいい」

おれは、時間があるうちに、宇宙船を発射させようって言った。どうしてそんなことを言おうと思ったのかわからないけど、ふっと口をついて出たんだ。ヘクターが長旅に出ようとしてる人みたいに見えた。ヘクターが一人でいっちまうかもしれないと思うと、たえられなかった。

52

手が痛くて目が覚めた。まぶたがぼってりと重い。そして、思い出した。ヘクターといっしょに丸くなって、宇宙船の横を星が通りすぎていくところを想像してたことを。でも、ジュニパー星へ向かってるとちゅうで、ねむくなって寝てしまったんだ。意識が少しずつ少しずつもどり、なにかがひどくおかしいことに気づいた。同じ毛布の上に寝てるけど、屋根裏はからっぽだ。空飛ぶ円盤《えんばん》もない。ヘクターもいない。

おれは台所におりていった。じいちゃんがテーブルにすわって、頭をかかえてた。

「ヘクターは？」おれはきいた。

じいちゃんはなにも言わなかった。一部屋一部屋探して回《まわ》った。ラッシュさんたちもいなかった。結局おれはまた台所にもどった。じいちゃんは、ティーポットのそばにぼうっと立っていた。

「ヘクターはどこなんだ？」おれはどなった。

じいちゃんは指を口にあてた。そして、テーブルの上の紙切れを指さした。文字が書いてある。じいちゃんの字だ。書いてあることはわかった。書かれてなくたって、わかる。

ラッシュさんたちは連れてかれたんだ。

悲鳴がせりあがってきた。じいちゃんがおれをつかまえ、いっしょに床《ゆか》にたおれこんだ。

おれたちは二人とも泣いていた。じいちゃんはおれの口をぐっとおさえてた。

悲鳴はまだ、おれの中にあった。

53

　じいちゃんはおれを立たせた。おれの口をおさえたまま。おれはまだ、悲鳴が体の中にあるのを感じてた。じいちゃんはおれを外へ連れだした。おれたちは雨の中、野菜畑の横に立った。

「この家は盗聴《とうちょう》されてると思う」じいちゃんはそれだけ言った。

「どうしておれたち二人のことは連れてかなかったんだ？　どうして？」

　おれはじいちゃんの指のあいだからさけんだ。言葉は熱いままもどってきて、怒りで燃えあがった。のどにあるかたまりがガチガチにかたくなって、息がつまりそうだった。

「わからん」じいちゃんは言った。「おまえはわかるか？」

「わからないよ。いや、わかる。秘密があるんだ。だけど、それがなにか、ヘクターは絶対に言おうとしなかった」

「よかった」じいちゃんは言った。「今からおまえを学校に連れていく」

「いやだ、いやだよ、おれはもう学校には――」

「いかないとだめだ、スタンディッシュ。いくんだ」そして、じいちゃんはおれを放した。おれを支えてるものがなくなった。なにも。じいちゃんの言葉がじいちゃんのうしろにたなびいた。鉛《なまり》の風船から出た熱い空気みたいに。裏口の前でじいちゃんは言った。

「ヘクターのためにいくんだ」

家の中にもどったときは、おれは雨でびしょぬれになっていた。じいちゃんはラジオをつけた。当局が唯一《ゆいいつ》、許可した放送局に合わせる。マザーランドの労働者にたれ流すクソ。でかい声で歌ってる。はっきりした声で。

そして、その足が銀の砂をふみ、
マザーランドの新しき月に、深々と足あとをつけたとき
高々と手をあげ、敬礼せよ

おれは上の階へあがって、制服を着た。体のすみずみまで死んでいた。力が入らない。死んでた。

54

台所で、じいちゃんが紅茶を入れてた。じいちゃんはたくわえを取りくずし、新しい紅茶の葉を茶こしに入れた。しょっちゅうやることじゃない。派手に使っちまえ、いいだろ？　やつらはおれの親友を、兄弟を連れてったんだ。おれたちは台所のテーブルにすわって、だまって紅茶を飲んだ。

55

ヘクターが連れていかれたあとの日々については、言うことなんてない。つまり、一度消されたら、もともと存在しなかったことになるんだ。夜も昼も、昼も夜も。ぜんぶブルー。ねむれない。食べられない。学校へいってもだれもおれに話しかけない。だれもヘクターのことなんてきかない。なぜなら、勇気がないからだ。ヘクターの名前は名簿《めいぼ》から消された。ヘクターは消耗品《しょうもうひん》なんだ。生まれ持った病みたいなもんだ。おれたちみんなそうだろ？　マザーランドでは？　ガネル先生だけはそう思ってなかった。愚《おろ》かにも、自分だけは例外だと思いこんでた。クソバカめ。

拷問《ごうもん》部屋のリーダー、ハンス・フィルダーはおれを放っておいた。ふれてはならないのけ者。革コートの男がおとずれた、あの日までは。

56

ラッシュさんたちが消えたあと、じいちゃんのことで覚えてるのは、一日ごとに老《ふ》けて、心配性になったってことだ。おれたちは見張られてた。一か所から血が流れ、別の箇所《かしょ》に流れこむ。傷口からいつまでもじわじわと悲しみがしみ出し、〈きっとうまくいくさ〉印のバンドエイドをいくらはってもむだだった。

夜になると、ラジオを聞いた。じいちゃんは、言いたいことは書くようになった。半分は絵で、半分は文字で。頭の中だけなら、自由に夢を見ることができた。ラジオは流れ、その音がおれたちの考えをかくしてくれると信じてた。

マザーランドの新しき月に、深々と足あとをつけたとき

月……ARO5……SOL3……ELD9

言葉。無意味な言葉たち。いっそ死んじまいたい。

じいちゃんは言った。「スタンディッシュ、過去のことを考えるな。これまでやってきたことをやるだけだ。ラッシュさんたちがくる前にやっていたことをな」

じゃあ、なんだったんだ？　ヘクターは光を持ってきた。そして、闇《やみ》だけを残してった。

毎晩、おれたちは寝にいくふりをした。

「おやすみ」じいちゃんは、おれがあそこではもう寝たくないと言った部屋に向かって大声で言う。そしておれたちはいっしょに、じいちゃんのベッドのはしにすわる。外では、車がスズメバチみたいにブンブンいったりきたりしてる。じいちゃんがつき止めたところによれば、真夜中になると、スズメバチ車の刑事たちは任務を終了する。ションベンの時間、腹ごなしの時間だ。じいちゃんとおれが、足音をしのばせて〈地下室通り〉におりていく時間だ。

57

戦争の前は——って言ったって、どの戦争だか知らないけど、っていうのもこれまで戦争はやまほどあって、もちろんすべて、偉大《いだい》なるマザーランドが勝利してた。とにかく、そのどれかの前、じいちゃんは〈ゾーン1〉の大きなオペラ劇場で、背景画家たちのチーフをしていた。当時はゾーンなんて、なかったのかもしれない。まあ、それはどうでもいい。ここで言いたいのは、戦争が始まったとき、じいちゃんは地面に飛行機の絵を描いたってことだ。空から見ると、まるで本物みたいに見えた。

その戦争のあと、マザーランドは再教育の最初のプログラムを導入した。じいちゃんは、飛行機を描いたせいで無理やり参加させられた。じいちゃんの友だちの中には、参加を拒否《きょひ》した人たちもいた。生まれがちがうとか、肌《はだ》の色がちがうとか、国籍がちがうって理由で、そもそも再教育を受けられない人もいた。アオバエたちは、ウジムシのえさが必要だったんだ。じいちゃんはどうだったかというと、テストに合格した。ぎりぎりだった。

みんな、つまりじいちゃんとばあちゃんと父さんと母さんはここに移住させられ、その直後におれが生まれた。とにかく、移転にはいい点もあったってわけだ。

58

　じいちゃんが背景画家だったことを思い出したのは、じいちゃんが〈地下室通り〉の奥に造った〝壁〟を見たからだ。じいちゃんは壁を造って、そこに絵を描いてた。じいちゃんは、完璧《かんぺき》な壁の、完璧《かんぺき》なだまし絵を描いたんだ。その壁は開閉できるようになってて、真横に生えた見なれない巨大なキノコみたいなものが、不自然な光を放ってた。キノコは、マザーランド賛歌の歌詞みたいに、ぷんぷんにおってた。

　そのヒリヒリするにおいを発する多肉質の層《そう》の奥にかくれて、小さな錠《じょう》が取りつけてある。それをうまくゆらすようにして開けると、壁はすっと横に開く。そして、壁がもう一度閉まると、初めて、そのうしろの秘密の部屋の明かりがつくしかけになってた。電源は、ラッシュさんが作った古いバッテリーだった。

ラッシュさんたちが連れてかれたあと、じいちゃんが外の庭で仕事をするようになったのは、この壁のためだった。じいちゃんは、白いバラを剪定《せんてい》してるふりをして、ひそかに警報装置を取りつけた。おれたちが〈地下室通り〉の壁のうしろのかくし部屋にいるあいだに、だれかが家に入ってきたら、知らせるしくみだった。

ホラ貝をふいちまうと、通りの家の地下はさびれてて、不気味だった。下にいると、聞こえるのは、ネズミたちの話し声だけだ。そのへんにいる茶色のドブネズミは、一筋縄《ひとすじなわ》じゃいかない。おれたちがこんなやせこけてるのに、どうしてネズミたちが肥《こ》え太ってるのか、ふしぎでしょうがなかった。

59

　あれは一週間前だ。おれは、白日夢《はくじつむ》にふけりながら学校から帰ってきた。その日の夢は、おれたちの空飛ぶ円盤《えんばん》がジュニパー星に着陸するってやつだった。おれにとっちゃ、頭の中に映画館を持ってるようなもんだ。ヘクターが円盤《えんばん》を着陸させ、ジュニパー星人が笑みをうかべて待ち受けてるところが、おれにははっきり見えた。ジュニパー星人たちの服装は……。

　そこで、おれは空想をやめた。台所についたからだ。じいちゃんがいない。チクショー、どこにいるんだ？　パニックがおしよせる。まともに見られない、まともに考えられない。怒《いか》りで頭のヒューズが飛びそうだ。おれは外の霧雨《きりさめ》の中にかけ出した。野菜畑にいるに決まってる。いるに決まってんだ。

防空壕《ぼうくうごう》のドアが開いてるのを見たのは、そのときだった。

ウソだ、ウソだ、ウソだろ！　まさかトンネルに入ったのか？　じいちゃんがそんなことをするはずがない。だろ？　息ができない。考えられない。体全体が、バラバラになりそうだ。そのときだった。鉢植《はちう》え用の小屋から、でかい靴が飛び出してるのを見たのは。

60

おれは家の中にかけもどった。じいちゃんは台所にいて、古い軍服の上着をぬいでるところだった。ここじゃ、しゃべれない。だから、じいちゃんを小屋まで引きずってった。中にいたのは、月の男だった。宇宙服の手袋《てぶくろ》をはめた手で、必死になって湯気をあげてるでかいヘルメットをぬごうとしてる。全身がガクガクふるえてる。

じいちゃんは言った。「野菜畑で働いてろ」

「だけど、どうするの――？」

「任せろ」

コンチクショウ。おれは土をほりはじめた。せいいっぱい、夕飯のためにほってますって感じで。自分たちの命を守るためなんかじゃありません、って感じで。じいちゃんが小屋でなにをしようとしてるかは、わかってる。月の男のヘルメットをぬがそうとしてるんだ。さっさとやらないと、墓《はか》をほりはじめたほうがいいってことになる。すると、バキッという音がして、それからあえいで息をすう音がした。

しばらくして、じいちゃんが小屋から出てきて、ドアを閉めた。おれたちはいっしょに台所に入って、カバみたいにでかい音でラジオをつけた。

そして、その足が銀の砂をふみ、
マザーランドの新しき月に、深々と足あとをつけたとき

じいちゃんはラジオの音にまぎれて小声でささやいた。「暗くなるまで待つんだ」

おれたちは待って待って、ついに夜が太陽の風船に穴をあけた。

それからやっと、月の男を台所に連れてきた。

月の男は巨人みたいに背が高くて、着こんでる服のせいでひどくぎこちなかった。ポスターで見なれた顔をすぐそばで見ると、変な感じがした。ここに彼が、ＥＬＤ９がいる。ただし、顔からは、月面着陸の希望はすっかり洗い流されてる。残ってるのは、ひたいに深くきざまれたしわだけだ。目のかがやきは消え、魅力的《みりょくてき》な笑みはしかめっ面に変わって

る。おれたちは彼を椅子《いす》にすわらせると、紅茶を出した。月の男は、ひと口ひと口が苦痛だというように口のはしから紅茶をすすった。

月の男はなにも言わなかった。それから、口を開けてみせた。舌がなかった。

たぶん、連中が母さんにしたのも、これだろう。

61

ガネル先生がチビのエリック・オーウェンを殺し、ロケットが宇宙に発射された日は、じいちゃんとおれは一生、〈ゾーン7〉から出られないと確信した日だった。つまり、生きては出られないって意味だ。テレビを持ってるだけでも、再教育に送られてもおかしくない罪《つみ》だった。

家の前までくると、玄関はけ破られていた。そんな必要はないのに。鍵《かぎ》なんてかけたことがないんだから。かけたって意味がない。入ってみると、やつらは完璧《かんぺき》な仕事をしてた。さわられてないものや、ひっくり返されてないものは、ひとつもない。こわされたってこと自体は、どうでもよかった。こわしたやつらがただただ憎《にく》かった。じいちゃんのほうを見ると、じいちゃんは、おれに腕をまわした。

おれたちは野菜畑で救出できそうなものは救出し、それから中に入って、ろうそくの火をたよりに片づけた。

じいちゃんはずっと暗幕カーテンをかけっぱなしにしてたから、少なくとも中をのぞかれることはなかった。でも、見張りの刑事たちがもどってきたのは、わかった。

おれたちは紅茶をいれ、二階に寝にいった。ろうそくをふき消し、腹を減らしたまま一時間を過ごした。ランチョンミートのフライを思いうかべた。腹がぐうぐう鳴った。真夜中を過ぎるとようやく、おれたちはパンとランチョンミートのフライを持って、地下におりていった。

じいちゃんは、うちへあがる階段の近くに、その日つかまえたネズミの入ってるネズミとりをおいた。それから、ほかの人間にはつきあたりに見える壁へ向かって歩いていった。ツンとしたにおいが鼻をつく。革コートの男たちの犬が、月の男のにおいに気づかなかったのは、これのおかげだ。例の、外来種らしいキノコが放つ土くさいにおいが、すべてをおおいかくしてくれる。キノコは暗闇《くらやみ》の中でも光を放ち、まるで生き物みたいに見えた。飢《う》えて、家の湿気《しっけ》と闇《やみ》を食らい、骨の髄《ずい》までぼろぼろにしようとするかのように。

おれたちは壁にカモフラージュされたドアを開けた。チクショー。正直、おれは月の男を見てほっとした。二羽のメンドリと、ラッシュさんが配線をつないでくれたラジオも無事だった。ときどきは「世界の敵国」たちがしゃべってる言葉を聞いて、なぐさめを得られるようにって。

月の男は立ちあがって、じいちゃんをだきしめた。おれは卵を探しにいって、メンドリにえさをやり、ネズミが入りこんでないか、たしかめた。それから、バーナーに火をつけ、やかんの湯をわかしはじめた。おれたちは紅茶を飲み、パンとランチョンミートのフライを食べた。ごちそうだった。

月の男は、絵を描いて説明しようとした。じいちゃんの絵みたいにうまくなかったけど、言いたいことはわかった。おれは、塀《へい》のうしろでなにが行われているか、はっきりと知った。

じいちゃんは立ちあがって、手の甲《こう》で口をぬぐうと、ラジオを合わせなおした。ラジオがパチパチと音を立て、シューシューと鳴った。じいちゃんがいじくりまわしてるうちに、声が聞こえてきた。じいちゃんが唯一《ゆいいつ》、真実を話すと信用してる声だ。まあ、真実ってものがあるならな、とじいちゃんは言ってる。これだけうそばかりだと、あるかどうかはわからない。

62

声が言ってる。

「悪国マザーランドは、ロケットを月に発射したと主張している。しかし、われわれの科学者が言うには、そのような遠征は不可能であり、可能になるには、あと十数年はかかるはずだ。

放射線が着陸の障害となる。マザーランドのプロパガンダに屈服《くっぷく》してはならない。どんなことがあっても、戦い続けるのだ。全〈反逆者〉よ、力をつけつつある連合国を支持せよ。どうかまくらを高くしてねむってほしい。恐怖におびえるあまり、マザーランドを信じないでほしい。マザーランドに、月面からミサイルを発射する技術力などない。マザーランドを信じたりせず、最後の決戦に力をそそぎこむのだ。戦いのあと、われわれは自由な世界でくらすことになるだろう」

警報が鳴り、赤くぬられた電球が光った。じいちゃんが上を見たので、おれも見た。二人とも、警報の意味はわかってた。家に侵入者《しんにゅうしゃ》がいる。一分未満で証拠《しょうこ》をかくさないとならない。

恐怖っていうのは、おかしなもんだ。パニックを起こさせる。はき気をもよおさせる。でも、今回感じたのはしずかな怒《いか》りだった。

じいちゃんが壁の絵の描かれたドアを開き、おれたちが出ると、月の男が中から鍵《かぎ》をかけた。と、同時に、懐中《かいちゅう》電灯の光が、〈地下室通り〉の闇《やみ》に差しこんできた。

おれたちはすばやくネズミとりをつかんだ。じいちゃんが二個、おれが一個持つ。

「そこでなにやってる？」男の声がした。

「ネズミです」じいちゃんが大声で返した。

おれのほうが、台所にあがる階段の近くにいた。懐中《かいちゅう》電灯の光がおれの顔にあたり、一《いっ》瞬《しゅん》目がくらんで、手でかばおうとしたひょうしにネズミとりの解除ボタンをおしてしまった。ネズミが階段をかけあがって、男の横をすりぬけ、台所ににげこんだ。銃声《じゅうせい》がひびき渡った。

じいちゃんが横にきた。そして、先に階段をあがっていった。二匹のネズミの入ったネズミとりを持ったままだ。台所のこわされたテーブルのわきに、見たことのない男がすわっていた。男は銃《じゅう》をおいて、タバコに火をつけた。台所のすみでネズミが死んでいた。

「トレッドウェルさん」男は言った。「『お客さん』を安全なところに連れにきました。あまり時間がないんです」

男が本当に〈反逆者〉なら、ネズミを撃《う》ったりしないことはわかってた。銃《じゅう》に消音装置はついてなかった。音は外まで聞こえたにちがいない。嬉々《きき》としたでかい音が。車の刑事たちがかけつけないところをみると、耳が聞こえないか、頭が悪いか、その両方ってことになる。

この男はジョーカーだ。

わかるだろ、侵入者《しんにゅうしゃ》は身なりがよすぎた。死んだネズミと同じで、清潔で、栄養が行きとどいてた。

「どなたか知りませんが、ここにこないほうがいいと思いますよ。どうかお引きとりください。スタンディッシュ、外の刑事さんに、〈反逆者〉がいると言ってきなさい」

男は銃《じゅう》を手にとった。「あなたがたを助けにきたんですよ」

「信じられませんね」じいちゃんは言った。

「今日、おれんちにおし入って、なにも見つけられなかったひとでしょ」おれは言った。

63

それを聞いて、男はいら立った。男はもう一本タバコを取り出した。タバコを目にすることはめったにない。タバコはごくかぎられた人々のものだ。自由の戦士である〈反逆者〉は、あんなタバコはすわない。マザーランドの紋章《もんしょう》が印刷してあるタバコは。おれたちがそんなバカだと思ってるなら、こいつは相当のまぬけだ。

64

外はまっ暗だった。通りのつき当たりにあるみにくい建物だけが、大地にしばりつけられた星のようにまばゆく光ってる。おれは、二人の刑事が乗ってる車のほうへそろそろと近づいていった。おれを見て、二人はビクッとした。一人がくもった窓をおろした。ソーセージをほおばってる。車は屁《へ》のにおいがした。

「家に侵入者《しんにゅうしゃ》がいるんです。きてください」

〈反逆者〉ってことになってる男は、にげるそぶりだけしてみせた。

おれたちが見てると、車はせまい通りで前進と後進をくり返してようやくUターンし、男を追いかけはじめた。あまりにおそまつな芝居《しばい》だった。おれたちでも、三人が知り合いなのはわかった。自称〈反逆者〉は肩をすくめてみせた。スズメバチ車のうしろのドアが開き、〈反逆者〉は乗りこんだ。

言っとくけど、男が正真正銘《しょうめい》本物の〈反逆者〉なら、その場で撃《う》ち殺され、地獄《じごく》へ送りこまれてたにちがいない。

台所にもどると、じいちゃんは上着を着た。

「なにしてんの？」

じいちゃんは首を横にふると、くちびるに指をあてた。

「ネズミを外へ出してくる」

でも、そうじゃないってわかった。じいちゃんは出かけるんだ。おれの知らない、おれにはわからない場所へ。じいちゃんの上着にしがみついて、いかないでって言いたかった。でも、無理だ。じいちゃんの目を見ればわかる。じいちゃんはなにがなんでもいくつもりだって。

65

おれは台所のテーブルで腕に頭をのせたまま、ねむったり起きたりをくり返した。そこから一歩も動かなかった。そんな縁起《えんぎ》をかついだところでしょうがないのに。

目が覚めたのは六時ごろだったはずだ。明るかったから。もうずいぶん前から明るい。でも、じいちゃんはまだもどってこない。正直いって、おれはもう冷静じゃなかった。死ぬほどおびえてた。

月の男が地下室から出てきて、おれを見てほっとした顔をした。まだ重力ブーツをはいてる。ここには山ほど重力があるから、いらないのに。もう多すぎるほどなんだから、ちょっとでも、へらせばいいのに。

おれが紅茶をいれてるあいだに、月の男は塩水で口をゆすいだ。薬の代わりにおれたちが用意できるのは、それだけだった。塩水と、アスピリンの残り。男が顔をしかめたのがわかった。ここにあがってくるのがまずいのは、わかってた。危険すぎる。でも、いっしょにいてほしかった。一人で待ちたくなかった。月の男はすわった。宇宙服にぬいつけられてる文字は、よく見えなかった。ＥＬＤ９。

男は「おじいさん」と書いた。おれは言った。「ここにはいない」

男が不安になったのがわかった。言っとくけど、おれだって不安だった。「もしも」のときのシナリオなんて、考えたくもなかった。

66

おれたちはだまってすわってた。月の男とおれと。月の男がしゃべれないのはわかってたけど、そこには沈黙《ちんもく》があった。わかるかな、沈黙が存在してたんだ。マジで、おれが生まれおちたこの世は、クソ最低の悪夢だ。にげる場所は、頭の中だけ。頭の中には、コッカ・コーラスとキャデラックがあった。ジュニパー星があってヘクターがいて、おれたちを助けてくれることになってた。

　裏庭で物音がしたとき、おどろいて骨が飛び出そうになった。月の男は〈地下室通り〉に姿を消した。おれはカップを洗って、片づけた。

おれは息をしてなかったと思う。じいちゃんの声がした。「入れてくれ」

「どこいってたの？」おれは言いながら、裏口を開けた。じいちゃんの顔はすすけて、シャツは破れてこげてた。帽子《ぼうし》も上着もなくなってた。いや、ちがう。フィリップス先生が代わりに着てた。先生はじいちゃんのうしろに立ってた。めちゃくちゃなぐられたような顔をしてた。

「なにがあったの？」

じいちゃんはやかんを火にかけ、紅茶をいれた。フィリップス先生はふるえてた。

「やつらは先生の家に火をつけたんだ。そうするだろうと、わかってた。時間の問題だと」じいちゃんは言った。

おれは水を器《うつわ》に入れて、テーブルに持ってった。先生は、一か所ひどいけがをしてた。

じいちゃんはフィリップス先生の顔を自分のほうに向け、やさしくすすをふき取った。そのようすに、なにかやさしさ以上のものがあるのを感じた。

先生が顔をしかめると、じいちゃんは小声で言った。「大丈夫かい、おまえ《ラブ》」

おれはわかったと思った。そうさ、思ったけど、ああクソッ、確信はなかった。

おれは紅茶のカップを先生のそばにおいた。

先生は両手でカップをつつむように持つと、テーブルの木目をじっと見つめた。じいちゃんはシンクで、顔と手を洗ってた。おれはまたラジオをつけた。マザーランドの労働者のための音楽を流してた。

しずかに、先生は言った。「ありがとう」

67

じいちゃんは、フィリップス先生がすわってるところにもどってきた。そして、帽子《ぼうし》をとった。先生の髪は長くて、いつもきれいにひとつにまとめられてた。でも、今はひどく短く刈《か》られ、あちこち血のまじった束《たば》になってた。

この髪型なら知ってた。この髪型がなにを意味するのかも、ちゃんと知ってた。やつらが、〈反逆者〉に対してすることだ。〈反逆者〉の服をぜんぶぬがせて裸《はだか》にし、髪を切る。相手が女なら、わざわざ殺しもしない。そう、すぐには。飢《う》えた若いハゲタカどもにくれてやるのだ。拷問《ごうもん》部屋のハンス・フィルダーや取り巻きどもみたいな連中に。

ゆっくりとした死。だが、殺す練習になる。マザーランドの少年団は、すぐに腰《こし》が引けるようじゃつとまらない。卒業する前に殺しの技を身につけなければ、純血のマザーたちは息子を恥《は》じるだろう。つまり、通らなきゃならない道のひとつってわけだ。こうやって、人殺しと使い走りとの差をはっきりさせる。人殺しなら、フィリップス先生を脳《のう》が飛び出るほどなぐりつけるなんて、朝飯前だ。昼食までに、先生がどんな目にあうところだったかわかりゃしない。

そのときになって初めて、学校でおれを守ってくれてたのは、フィリップス先生だったことに気づいた。ガネル先生がクラス全員をマザーランド少年団に入れようとしたときも、そうだ。少年団はおれみたいな子はほしがらないはずだって、靴ひももろくに結べないような子は必要とされないって、言ったのは、フィリップス先生だった。コナリー先生のクラスでおれが進歩してるって、ヘルマン校長に言ってくれたのも、たぶんフィリップス先生だろう。どうして今まで気づかなかったんだ?

おれはよごれた水を捨てて、器《うつわ》に新しい水をはった。

じいちゃんは先生の顔をかたむけ、キスをした。正直、これはおれも予想してなかった。つまり、じいちゃんはそういうことには歳《とし》をとりすぎてんじゃないかって思ってたんだ。だって、五十代になったら、そういうことはやめるもんだろ？　でも、そんな神話は撃沈《げきちん》された。じいちゃんはフィリップス先生に腕を回し、先生はじいちゃんの腹に頭をのせた。

「そういうことだったんだ」おれは言った。二人はおれがいることを忘れてたみたいに、こっちを見た。「じいちゃんとフィリップス先生。ええと、いったいいつから……つきあってたの？」

二人はにっこりした。

「三年前から」

マジで、今だったら、羽根一本ではったおされたと思う。三年かよ。

「ラッシュさんたちがいなくなってからは、いろいろ大変だがな」じいちゃんは言った。

おれが犬みたいにじいちゃんのベッドの頭のほうで寝てたのも、なにかとめんどうだったんだろう。

フィリップス先生は言った。「ハリーが月の男の話をしてくれてから、なんとか〈反逆者〉と接触《せっしょく》しようとしてたの。そうすれば、情報がしかるべきところまで伝わるんじゃないかと思って。だけど、〈ゾーン7〉は外の世界から切りはなされてるから」

音楽が止まり、マザーランドの声が割って入った。

「今日、悪の敵国どもは、わが国の大いなる首都タイカーにて会談することに合意した。彼らは、われわれの偉業《いぎょう》を目の当たりにすることになるだろう。全世界が、わが国の新しい領地、月からの最初の映像を見ることになるのだ。

マザーランドに栄光あれ!」

68

外から、まぎれもない不協和音がひびいてきた。軍靴《ぐんか》が舗道《ほどう》にあたる音、車のドアがバタンと閉まる音、人々がどなる声。だが、恐怖のオーケストラから一音だけがぬけていた。やつらは、犬を連れていない。今回は。おれはその場にくぎづけになった。つかまった。もう終わりだ。

まさにそのとき、じいちゃんがかみつくように言った。「スタンディッシュ、いけ！」それでおれは動けるようになった。

フィリップス先生を二階の、母さんと父さんのバカでかい洋服ダンスの奥にかくした。

「最初にそこを探すよ」おれは言った。

じいちゃんは無視して、タンスのとびらを開いた。

「いや、アオバエどもはそんなに頭はよくない。最近、どんどんアオニ才ばかりになってるからな」

じいちゃんが寝室に入ってくのを見て、じいちゃんの上着のことを思い出した。おれは走ってもどって、フィリップス先生から上着を受けとると、階段をかけおりた。車がもう一台、キキッと音を立てて止まった。

上着をかけ、テーブルの上をチェックすると、やつらにまたけ破られる前に、玄関のドアを開けた。

革コートの男がいるとは思ってなかった。革コートの男のことは、昨日までの問題だと思ってた。やつを見ていちばんおどろいたのは、これだ。つまり、今の今までおれの脚《あし》はアシみたいにかんたんに折れそうだった。なのに、クソッタレの姿を見たとたん、おれはおのをふりかざすカマキリみたいになったんだ。

「日課になりつつあるな」革コートの男は言った。「毎日、スタンディッシュ・トレッドウェルと顔を合わせている。おじいさんはどこだね？」

「寝てます。なんのご用ですか？」

革コートの男は、革手袋《てぶくろ》でおれのほおをなぐった。

「質問するのは、わたしだ」

革コートの男は、まるでバカに向かってしゃべるようにしゃべったので、期待を裏切らないよう、おれはひどくのろのろと答えた。「はい、閣下《かっか》」

やつのうしろで、アオバエたちが突撃《とつげき》の命令を待ってる。

「ああ、トレッドウェルさん」革コートの男は言った。

ふりかえると、じいちゃんが悪いほうの脚《あし》をこわばらせて立っていた。じいちゃんは古いパジャマとつぎはぎだらけのガウンを着て、あくびをしながら、おそろしいほどゆっくりと階段をおりてきた。

「なぜここへ？　昨日、ひとつ残らずぶちこわしたでしょうに」じいちゃんは言った。

革コートの男の怒《いか》りのやかんが沸点《ふってん》に達する直前なのは、ひと目でわかった。革コートの男は、こわれた椅子《いす》のひとつにすわった。椅子《いす》はぐらぐらとゆれた。そのまま、ぶっこわれりゃいいのに。革コートの男はテーブルを、革手袋《てぶくろ》でピシャリ、ピシャリとたたきはじめた。

じいちゃんは、疲《つか》れにまみれたため息をもらしただけだった。「わたしは年よりです。孫となんとか生きのびようとしてるだけです、それだけなんです。どうしてしつこく追い回すんです？　なにも悪いことはしてないのに」

革コートの男は答えなかった。そして、アオバエたちに入ってくるよう、合図した。じいちゃんがさっき言ったことの、ひとつは正しかった。アオバエたちはかなり若かった。おれよりほんの少し年上なだけだ。上へ、下へ、それから地下へ。アオバエどもは家中に入りこんだ。

ああ、もうだめだ、とおれは思った。完全に終わりだ。あとは、なげいたり、歯ぎしりしたりが待ってるだけだ。家の壁や天井《てんじょう》のネズミどもより、アオバエ兵士どものほうがうるさかった。壁が、まるで張り子みたいにうすく思える。床板《ゆかいた》がふるえた。

革コートの男はすわったまま、ピシャリ、ピシャリ、ピシャリとテーブルをたたき続けてる。タバコを取り出して、火をつけるときだけ、手を止めた。

ついに、革コートの男は言った。「彼がどこにいるか、話すんだ」

「だれのことです？」じいちゃんはきき返した。

革コートの男は、答えることのできない質問というハエ取り紙にとらわれた。手袋《てぶくろ》がふたたびテーブルにあたった。長い沈黙《ちんもく》が破られた。「この家からテレビを押収《おうしゅう》した」

「ええ。あれは、まだ禁止されてなかったころからのもんです」

おれはおどろいた。革コートの男がなにも言わなかったからだ。

じいちゃんはあのテレビをばらばらにしといたんだ、とおれは気づいた。コッカ・コーラスの国を見てたんじゃないかって疑われないように。あらゆる色が生きてて、人々がボールでおどってる国を見てたって。

革コートの男はタバコをテーブルにおしつけた。まるいこげあとが残った。そのあとを見たからかもしれない。おれはふっと思いついた。テーブルについた模様が、石みたいに見えたんだ。アイデアがうかんできたのは、そのときだった。

地下室からアオバエたちがあがってきた。きちんと仕事をやりとげましたって感じで、軍服も青っていうよりねずみ色になってた。月の男が見つかってないのはわかった。見つけてたら、勝ちほこった声が聞こえたはずだ。代わりにやつらが持ってたのは、ネズミとりだった。

アオバエのリーダーらしき男が階段をおりてきた。そして、気の進まないようすで、革コートの男に報告しなきゃならないことをささやいた。

「なにもない？　なにもないだと？　まちがいないのか？」革コートの男はどなった。

「なにもありません、閣下《かっか》」

極限状態にいると、おかしなことが起こる。じいちゃんもおれも、終わりを覚悟《かくご》してた。これはもう、おれたちのっていうより、運命自体のゲームになったようだった。カードを切ってるのは、運命なんだ。この時点で、おれはすでに、庭の塀《へい》の向こうでなにが行われてるか、わかってたと思う。やつらは、あのみにくい建物の中に月を組み立てたんだ。かつてコウミン館とか呼ばれてた、あの館《やかた》の中に。

そのとき、おれのアイデアは戦略になった。おれはあらゆる角度から、検討した。思わず部屋から出ていきそうになったくらいだ。戦略は形をとりつつあった。

「おまえたち二人とも、自宅監禁《かんきん》とする」革コートの男が言ったので、おれははっとわれに返った。戦略を３６０度ぐるっと回転させて考えてたところだったので、じゃまされて腹が立った。

「聞いてるのか、スタンディッシュ・トレッドウェル？」革コートの男は言った。

おれには人にそう思われるところがある。つまり、聞いてるときに、聞いてないと思われるのだ。

革コートの線路的思考からしてみれば、おれなんてただのからっぽだった。からっぽっていうのは、ガネル先生が気に入って使ってた言葉だ。おれはからっぽに見える。だが、本当はそうじゃない。ヘクターとおれはずっと、この表情を練習してきたのだ。頭がよくて目立ってちゃ、教室のいちばんうしろの席はとれない。

「おまえとおまえの祖父は、明日の朝六時半に移送される。〈抹消《まっしょう》〉はかんべんしてやろう。二人とも、再教育コースゆきだ」

ウソだ、絶対にちがう。やつはウソをついてる。おれたちは消されるんだ。ウジムシのえさになるんだ。

「それぞれスーツケースをひとつ、持っていってよい。それまでは、いかなる事情があっても、この敷地から出ることは許されない」

クソ野郎め。「シキチ」なんかじゃない。ここはおれたちの家だ。おれたち家族の家なんだ。

アオバエたちが待つ中、革コートの男は大またで黒いパトカーのほうへ歩き去った。おれたちは玄関の階段の上に立ってた。まるでお茶によった友人を見送るみたいに、最後のアオバエがトラックに乗りこむまでじっと見ていた。やつらは去り、刑事たちの乗った車だけが残って、黒いガラスのうしろから、またじっとおれたちを見つめた。

おれがジュニパー星人だったら、世界を救うのに。でも、おれはちがう。その代わり、おれには戦略がある。むかし聞いた、巨人と、おれくらいの年齢と大きさの少年の話に基《もと》づいた戦略が。少年は石を持ってた。投石器から放たれた、そのたったひとつの小さな石が巨人のみけんを打ち、巨人はたおれて死んだ。いいか、死んだのは巨人だ。これはマジで、あんまりバカげてるからバカでもまちがえないアイデアだ。

二階からフィリップス先生がおりてきた。先生はじいちゃんのズボンとシャツを着ていた。

フィリップス先生はじいちゃんを見ると、にっこりほほえんだ。「アオバエの一人が、タンスにかくれてるなら、とびらを閉めてるはずだって」

この戦略のむずかしいところは、どうやってじいちゃんとフィリップス先生にうまくいくと納得《なっとく》させるかってことだ、とおれは思った。マザーランドをたおすのに必要なのは、たったひとつの小石だってことを。

そして、その石を投げるのは、おれだってことを。

69

その日、じいちゃんについていろんなことを知った。まずじいちゃんには、フィリップス先生がいるだけじゃなくて、送信機もあったということ。

おれはいまだにわからない。おれはどうして、このふたつについては、あんな鈍感《どんかん》だったんだ？　送信機がこわれたのは一年以上前だったけど、こういったものは店に持っていって直してもらうわけにはいかない。直したのはラッシュさんだった。しかもラッシュさんは、たとえマザーランドに信号を拾われても、自動的にコードが変わるように細工《さいく》した。

一日前までは、台所の壁板のうしろに送信機があるなんて、夢にも思わなかった。一日前までは、じいちゃんは年よりだと思ってた。でも今日は、ふさふさのしっぽをはやしたぬけ目のない銀ギツネだった。

70

フィリップス先生は、〈地下室通り〉の秘密の小部屋にすわってた。マジで、先生は頭がいい。月の男の書いたものも、どこか東の方の国の言葉だったけど、ちゃんと読むことができた。じいちゃんはさっぱりわからなかったのに。じいちゃんは先生のとなりのスツールにすわって、イヤホンをつけ、なんとかして〈反逆者〉たちにメッセージを送ろうしてた。でも、反応はなかった。

なにもないまま、昼になった。

とうとうじいちゃんはあきらめた。おれたちは、かたくなったパンとスクランブルエッグを食べた。フィリップス先生は、食べ物にはほとんど手をつけなかった。食欲がないみたいだ。月の男が書いたことに関係あるんじゃないかと思った。月の男も、なにも食べなかった。

「なんて書いてあったんだね？」じいちゃんは先生の手をぎゅっとにぎった。

「もう一度ゆっくり読ませて」

時間をかせごうとしてるのが、わかった。

「あの古い館《やかた》んなかに、でかい月のセットをつくったんでしょ？」おれは言った。

「そのとおりよ。そして、そこでロケットの月面着陸のシーンを撮影するつもりなの。そして、人類初の月面歩行を。そのあと、プロジェクトに参加した人間は全員処分される。科学者も作業員も宇宙飛行士もよ。すでに巨大な墓穴《はかあな》をほってるらしいわ」

おれは口をはさんだ。「月の男はどうやってトンネルを見つけたの？」

月の男が書き、フィリップス先生はそれを読んだ。先生がおれに答えを伝えるべきかどうか、悩《なや》んでるのがわかった。でも、おれはすでにわかってた。それでも、もう一度言った。「ねえ、教えてよ」

フィリップス先生はためらった。

おれは言った。「ヘクターのことを見たんだね？」

71

月の男はうなずいて、またすぐにノートに書きはじめた。フィリップス先生はますます落ち着きを失っていった。

「声に出して訳してくれ、おまえ《ラブ》」

フィリップス先生はいい声をしてた。でも内容のほうは、どんな声で読んだって、ひどいものだった。

「はじめ、わたしは本物の宇宙計画にかかわっているのだと信じていました。ところが、最初のロケットの試作品を造った科学者の一人が、放射線帯をつきぬけようとすれば、生きたまま黒こげになると、こっそり教えてくれたのです。その科学者は、その直後にいなくなりました。そして、わたしは理由もわからないまま、〈ゾーン7〉に送られました。

それで、その科学者が言っていたことが正しかったと、気づいたのです。今回の計画は、人類の歴史はじまって以来の大ペテンです。わたしはあまりにも質問しすぎたばかりに、口を封《ふう》じられました。しかし、それでもまだ、わたしの顔は必要だったのです。わたしは、にげるしかないと思いました。塀《へい》にそって歩いていたとき、草むらに赤いサッカーボールが転がっているのが目に入りました。と同時に、土の中からひょっこり少年が現われたのです。少なくともわたしにはそんなふうに見えました。その少年のことは知っていました。少年もわたしを知っていました」

「どうして？」おれはまた口をはさんだ。

フィリップス先生は訳を続けた。「少年は、最初の試作品を造ったときの責任者だった科学者の息子だったのです。わたしに、人間を月に送るのは無理だと教えてくれた科学者です」

「ラッシュさんか？」じいちゃんはきいた。

月の男はうなずいた。

「ラッシュさんたちはあの中にいるのか？」じいちゃんはきいた。「無事なのか？」

月の男は、手で銃《じゅう》の形を作った。みんな、月の男が書く答えを知りたくないと思った。

フィリップス先生は、ほとんどささやくような声で月の男の答えを読みあげた。「ラッシュ夫人は、着いたとたんに撃《う》たれました。ラッシュさんと息子の目の前で。全員、それを目撃《もくげき》しました」

「どうして？」おれはさけんだ。「どうしてなんだ？」質問は答えられないまま、宙にういた。

答えはなかなか得られなかった。月の男の書いたものを、フィリップス先生がおれたちにわかる言葉に置きかえなければならないから。

「協力しなかったことへの罰《ばつ》」

「ヘクターは？」

永遠にも思える時間が過ぎて、ようやくフィリップス先生は言った。「彼らはラッシュ夫人を殺したあと、ヘクターの小指を切り落とし、ラッシュさんに、言う通りにしないと、息子は一本ずつ指を失うことになるぞ、と言いました」

「ヘクターは生きてるのか？」

月の男はうなずいた。そして、指を九本たてた。

「じゃあ、失ったのはその一本？」

月の男はまたうなずいた。

じいちゃんはもう少しで、送信機がビービー鳴ってるのを聞き落とすところだった。とうとう、ついに、どこかのだれかがおれたちのメッセージを受信したのだ。ビーという音は、もう死んでるんじゃないかって不安に思ってた文明が、鼓動《こどう》する音のように聞こえた。

〈反逆者〉からの指令は、今夜十一時にここを出る用意をしておくように、というものだった。それから、〈地下室通り〉のいちばん奥にある、おんどりの胸の家へ向かえ、と。

おれが言ったのは、そのときだった。「おれはいかない」

72

「だめだ、スタンディッシュ」じいちゃんは言った。「おまえをここに残していくことはできない」

「おれはヘクターを助けにいく。マザーランドの顔に石を投げてやるんだ。世界に、月面着陸はやらせだって知らせるんだ」

「スタンディッシュ、おまえの頭ん中には夢がつまってるんだ」じいちゃんは言った。

だから、おれは戦略を説明した。月のセットに近づければ、宇宙飛行士が最初の一歩をふみ出す瞬間《しゅんかん》に、作業員たちのところからにげ出して、カメラの前に立てるって。月の上に立って、「大ペテン」って書いた紙をかかげるんだ。そうすれば、自由な国々は、これがぜんぶウソだってわかるはずだ。

「なんだって？　で、撃《う》たれて死ぬのか？」じいちゃんの顔は、怒《いか》りの嵐雲《あらしぐも》におおわれてた。

本当のことを言うと、紙をかかげたあとのことは考えてなかった。それは、その場で考えればいい。そこんとこは、計画できるようなたぐいのことじゃない気がした。「もし」ってやつは、いつだって山ほどあるんだ。

「小石ひとつで巨人をたおせるなら、おれにだってできるはずだろ？」

「いいや」じいちゃんは言った。「無理だ。まったくもって、バカバカしいアイデアだ」

意外にも、そこでフィリップス先生が言った。「ねえ、ハリー、この子なら中に入れるかもしれない。なにかできるかも……」

「でもって、殺されるってわけか」じいちゃんはかんかんに怒《おこ》ってた。おれの戦略のせいだけじゃない。それはおれもわかってた。ラッシュさんとヘクターのことでも、怒《おこ》ってたんだ。「わたしは家族を失い、友人を失った。孫を犠牲《ぎせい》にするわけにはいかん」

フィリップス先生がじいちゃんの腕にそっと手をおいた。

「わたしたちがにげられる可能性はほとんどないわ。全員殺されたら、結局なにが残るの？　だれも、これがでっちあげだって知らないままよ。自由の国の指導者たちは、ウソを信じこんで、マザーランドは全権力をにぎることになる」

じいちゃんが全力で聞くまいとしてるのがわかった。

「ハリー」フィリップス先生はやさしい声で言った。「なにが起ころうと、あなた一人になることはない、約束するわ」

それを聞いて、おれはほっとした。おれももっとなにか言いたかった。

でも、言えたのはこれだけだった。「フィリップス先生の言うとおりだ。おれも、いつもじいちゃんといっしょだ。いっしょにいってもいかなくても」

じいちゃんは、へそから地震《じしん》が起こったみたいにガタガタふるえてた。涙が、絶対泣かないって言ってたじいちゃんの涙が、怒《いか》りの滝になって流れ落ちた。おれはじいちゃんにだきついた。そして、ぎゅっとだきしめた。おれには、こんな力があるんだ。

じいちゃんはおれにしがみついた。おれはこのことを忘れない。最後のときまで。最後がどんな最後だろうと、いつこようと。

じいちゃんはおれを放すと、背を向けた。肩がふるえてる。おえつがせりあがってくる。

それでもおれは、石を投げる役ができると確信してた。

月の男はじいちゃんのところへいくと、肩に手をおいた。すべてがふわふわ飛んでいこうとしてるときに、じいちゃんに重力を与えたんだ。それからノートになにか書いて、フィリップス先生に渡した。

先生は声に出して、ゆっくりと読んだ。

それは、じいちゃんの聞きたくないことだった。フィリップス先生も同じだった。先生は勇敢《ゆうかん》にふるまってたけど、でも、おれにはわかってた。

「われわれの希望は、スタンディッシュだけだ」

そのあと、おれは月の男とフィリップス先生と過ごした。じいちゃんは上の階へもどっていった。これ以上、なにも聞きたくないんだ。じいちゃんを責める気はない。でも、おれは聞かなきゃならない。石を投げるなら。

月の男の話はもう、ノートには書かれず、おれの脳《のう》に書きこまれた。あの塀《へい》の向こうでなにが行われてるか、おれはもう正確にわかってる。おれは地図を手に入れた。知識も手に入れた。

73

74

上の階にもどって、出発の時間までじいちゃんと待ってた。フィリップス先生と月の男は、地下室にとどまっていた。

じいちゃんはボール紙で実物大の人型の切りぬきを作ってた。理由は、さっぱりわからない。今は床《ゆか》の上にすわって、なにもないところをじっと見つめてる。まわりには、ボール紙の切れはしがちらばってた。じいちゃんはつらいんだっておれは思った。言っとくけど、おれだってつらくてたまらなかった。

おれはじいちゃんのとなりにすわった。言葉はなかった。でも、じいちゃんの考えてることは、まるでどなってるみたいに聞こえてきた。だからおれはそれを聞かないようにするために、これまで起こったことをすべて自分に語り聞かせたんだ。まさに今、じいちゃんとおれがめくれあがったリノリウムの床《ゆか》にすわってる、この瞬間《しゅんかん》までに起こったすべてのできごとを。
おれは、心の目でじいちゃんの写真を撮《と》った。ずっと持ち歩けるように。じいちゃんが若かったころ、年齢と不安の殻《から》におおわれる前のじいちゃんを、想像しようとした。じいちゃんの手はでかくて、木の根みたいで、使いこまれてぼろぼろだった。じいちゃんの手は、アオバエどもをだます壁の絵を描くことができるし、こわれてしまったものを元通りにできる。その手から、おれは離れていこうとしてるのだ。じいちゃんが考えてることはわかってた。おれがいくのを許す力を持てるかどうか、考えてるのだ。おれも考えた。じいちゃんの元から離れる力があるかどうか。
ここにじっとすわったまま、なにもしなかったらどうなる？　時は、おれたちをほうったまま、過ぎてくれるか？
幕が下り
クレジットが流れ
ジ・エンド。

75

コンチクショウ！　その、よういドン、ドン、ドン！　って音が引き金になって、時の心臓とおれたちの心臓はレースコースを一周した。おれとじいちゃんは、はっと顔をあげた。おれはすかさず立ちあがった。ノックの音だ。刑事たちは、いつもはこんなにていねいじゃない。ノックなんて、ふだんはしやしない。ちがう。太陽《たいよう》とスッポンだ。

やつらは、おれたちがいるかどうか確認し、暗幕カーテンを外すように命じた。そして、明日の朝、六時半にここを出ることを忘れるなと言った。

「はい」おれは返事をしながら、切りぬいた二枚のボール紙の横で、じいちゃんがほうけた顔で床《ゆか》にすわってるのを見られてないことを祈《いの》った。

玄関のドアを閉めると、じいちゃんがおもむろに立ちあがった。

「時間だ」じいちゃんは言った。「スタンディッシュ、時間だぞ」

じいちゃんは二枚のボール紙の人型を、二脚《きゃく》のこわれた椅子《いす》にはりつけた。おれはやっと、じいちゃんがしようとしてることがわかった。窓に映った影は、おれとじいちゃんそっくりだ。じいちゃんはこういうことにかけちゃ、天才だ。いつも一歩先をいってる。刑事たちが調べにくるのがわかってたんだ。あたりはもううす暗く、チラチラゆれるろうそくの火のおかげで、ボール紙の人型はほとんど本物に見えた。少なくとも、刑事たちはだませるだろう。おれたちがしずかに運命を待ってるって思うにちがいない。

十時ちょっと前に、おれたちは台所の床《ゆか》をはって階段までいった。この五時間で、じいちゃんが一回しかしゃべってないことに気づいた。「時間だ。スタンディッシュ、時間だぞ」だけだって。

76

父さんと母さんが使ってた寝室で、じいちゃんは自分で作った太いベルトをくれた。服の下につけられるようになってて、表と裏両方に、じいちゃんのきれいな字で大きくでかでかと「大ペテン」って書いてあった。つまり、じいちゃんはおれが地下室にいるあいだ、これを作ってたわけだ。ボール紙の人型は、そのあと思いついて作ったんだろう。

「巨人をたおす投石器は持ってないからな。これでなんとかするしかない」じいちゃんは言った。

おれは言いたいことを言わなかった。たぶんそっちのほうがいいだろう。

　おれは、じいちゃんが見つけてきてくれたボロ服に着がえた。カカシすら恥《は》ずかしくなるようなしろものだ。それから、じいちゃんは母さんがむかし使ってた化粧《けしょう》ポーチを出してきて、おれの顔にチョークみたいに白いクリームをぬり、目のまわりを黒くして、両手にどろをなすりつけた。

　でかい洋服ダンスの鏡をのぞきこむと、幽霊《ゆうれい》が映ってた。おれの幽霊《ゆうれい》が。

77

フィリップス先生は〈地下室通り〉からあがってきて、階段のいちばん上の暗がりにすわってた。

どうして先生がそこにいるのか、わかってた。どうしても言えないさよならを言うためだって。

じいちゃんが裏口を開け、先生のほうをふりかえった。

フィリップス先生の気丈《きじょう》できびしい顔はあざだらけで、涙でやさしくぬれていた。先生はこくんとうなずいた。

外に出ると、塀《へい》の上に月がのぼっていた。月の男が現われたあと、じいちゃんは防空壕《ぼうくうごう》をこわした。屋根や壁などのがれきはきれいに重ねられ、トンネルの入り口をかくしてた。

じいちゃんはおれが通れるよう、波型鉄板をどけた。そのあとでまた元にもどせば、なにもなかったかのようになる。

目の前の大地に、ぽっかりと墓穴《はかあな》が口をあけ、おれを待ち受けていた。あともどりはできない。もう今は。ここは危険地帯だ。だれも入ろうなんて思わない場所だ。

おれはじいちゃんにキスした。

じいちゃんがなにか言うとは思ってなかった。

でも、じいちゃんは言った。「スタンディッシュ、わたしはおまえのことを誇《ほこ》りに思う」

死ぬのはわかってた。問題はどうやって死ぬかってことだ。

おれは今、ヘクターがトンネルの公園側へきたときに見たものを見てた。はねあげ戸は、イバラやイラクサにすっかりおおわれてた。からみあった自然の草木の下からようやくはい出ると、なんとか半ズボンを破いて、脚《あし》をぼりぼりかいた。

はらい落とせるだけの土をはらい落とすと、あとは肌《はだ》にすりこんだ。すっかりよごれて、脚《あし》からは血がしたたってる。それからおれは、前、牧草地があったところまでのぼっていった。今では、大型トラックと傷ついた大地の戦場になってる。遠くのほうに、例のみ

78

にくい館《やかた》が見えた。あいかわらずでかい窓がじっとこっちを見てる。どっちへいけばいいかはわかってた。頭の中に月の男の地図をきざみこんでたから。でも、想像してたより、目印の便所は遠かった。照明が明るいので、これから夜になるというより、真昼間《まっぴるま》みたいだった。

笑っちまう。頭の中で考えてるときは、すべてがかんたんに思えたのに。ぜんぶちゃんと計算してた。中へしのびこみ、ヘクターを見つけ、石を投げて、二人でにげる。でも、クソみたいな現実がおれの戦略をぶちこわした。おれは便所に向かって歩いていった。悪趣味《あくしゅみ》な建物から、そう遠くないところにある。目かくししてたって、見つけられただろう。クソひどいにおいだったから。そのとき、サーチライトが見えた。空からおれを見つけ出そうとしてる目。いるぞ、スタンディッシュが。あそこにいるぞ。

「止まれ!」見張りの一人がどなり、サーチライトの光がおれをくぎづけにした。

走ってくる足音がして、二人のアオバエがおれをつかまえ、男の前に引きずっていった。顔は見えなかった。男のうしろからさしてる光がまぶしくて、なにも見えない。

どうかこれで終わりにしないでくれ、まだ始まってもないのに。おれは祈《いの》った。どうか革コートの男じゃありませんように。

おれは目をおおった。

「光を向こうへ向けろ」男はどなった。

男が、電気の黄色でふち取られた。おれはほっとした。革コートの男じゃない。

その将校はどなった。「いったいここでなにしてんだ?」

おれは、せいいっぱいのマザーランド語で答えた。「クソです、閣下《かっか》」

「なぜこんなところでする?」

「便所をごらんになったことないんですか? ネズミだって、においで死んじまいます」

おれは平手打ちされるのを覚悟《かくご》した。

ところが、男は言った。「ちゃんと出たのか? おまえの足を見ると、そのようだな」そして笑った。「つまり便所はきらいってことだな？」

おれは、答えないことにした。男はそんな安定したタイプには見えない。どっちかっていうと手《しゅ》りゅう弾《だん》タイプだ。

「日勤か？」

おれはうなずいた。

将校はおれを小屋のほうへ連れていった。巨体の女が椅子《いす》にすわってた。うしろに、麻《あさ》のカーテンがかかってて、中は見えない。女が立ちあがった。椅子《いす》ごと。女の尻《しり》にくっついた椅子《いす》がななめにつき出た。

女は婦長の制服を着てたけど、人の世話をするようには見えなかった。

将校はうれしそうに太った女に向かってなにかさけんだ。訳す価値もない。だいたい想像がつく。でも、おかげでそのすきに、館《やかた》の開いたドアの向こうにあるものをもっとよく見ることができた。

まるで〈ゾーン7〉に月が衝突《しょうとつ》したようだった。

79

月の男は、ここでは何千という飢《う》えた人々が働いてると言っていた。月の暗いほうの面に、大勢の人が立ってるのが見えた。今おれは、これまで造られた中でもっとも重要な映画セットを見てる。おれたちの人生を形作り、歴史を変えることになるセットを。世界は、食えない大ウソを飲みこもうとしてる。そして、おれ、スタンディッシュ・トレッドウェルだけがそれに対抗する戦略を持ってるのだ。

太った女はもどってくると、去っていく将校の悪口を小声で言った。女がムチを持ってるのは気づいてたから、今、床《ゆか》に落ちてるムチを見て、遠くへけりとばしたい誘惑《ゆうわく》にかられた。が、やらなかった。

「番号は？」女はおれに向かってでかい声で言った。

「ええと……数を覚えんのは得意じゃないんです」おれは言った。ここでも、バカは有利に働いた。

女はカーテンを開けた。おれはそれを見ながら、思った。くるくる、くるくる幕があがってく。ようこそ地獄《じごく》の待合室へ。

寝台がいく段にも積み重なってた。といっても、それぞれ二枚の板だけでできてて、あとは毛布もなにもない。人々は服のまま、靴さえぬがずにねむってた。ちぢんだ死体みたいで、服だけが、かつてそれが目的を持ってふくらんでたことを思い出させた。

あいてるベッドはなかった。

寝台の下にもぐりこもうかと思ってたとき、ひとりの女の人が言った。「ほら、ここにおいで。いっしょに寝かせてあげる」

女の人は痛々しいほどやせて、目は落ちくぼんでた。

「どこからきたの？」女の人はたずねた。

「迷ったんです」

「みんなそうよ」

マザーランドは怪物みたいに残酷《ざんこく》だ。今までだれひとり、立ちあがってのどを絞《し》めなかったのが、信じられなかった。

80

明かりがつくまでのことは、あまり覚えてない。ベルが鳴ると、一人、また一人と、寝台を出た。みんな、ロボットみたいにじっと立ちつくしてる。アオバエたちはどう猛《もう》そうなシェパード犬を連れてた。しきりに革ひもを引っぱってる。おれたちはポンプの前に並んで、順番に顔を洗った。

おれを板の上でいっしょに寝かせてくれた女の人が言った。「水を飲みなさい。顔をふいて、あとは飲めるだけ飲んどきなさい」

口で言うほどかんたんじゃなかった。見張りが、水を長く飲ませまいとするからだ。そのあと、おれたちはまた並んだ。一人につき、パン一枚を紅茶の入ったマグの上にのせたものが支給された。それから、ぞろぞろと館《やかた》へ向かった。すると、昨日の夜、見かけた人たちが、反対方向に歩いていくのとすれちがった。足をあげるのもつらそうに見えた。これから、さっきまでおれたちが寝ていたかたい木の寝台でねむるんだろう。

コンチクショウ。あの趣味《しゅみ》の悪い建物に入って、自分の目であの月を見ればすぐわかる。このでかくてみにくい獣《けもの》のような建物の中ぜんぶが月なんだって。白衣を着た男たちが歩き回って、あらゆるものを正確に計測してた。

おれたちの受けた命令は、空の背景幕を決められた位置にはり、あるべき場所に星を配置することだった。綿密《めんみつ》さは、マザーランドのお気に入りだ。書類仕事と綿密《めんみつ》さ。

全員が並んだ。いやマジで、ひどく非現実的に思えた。月労働者たちの町。少なくとも、これだけ大勢いれば、おれが気づかれることはないだろう。月の男によれば、セットに近づくには、志願するしかない。だが、そんなことをする者はいない。理由は、もし失敗するか、だれか将校の不興《ふきょう》を買えば、頭に銃弾《じゅうだん》を撃《う》ちこまれることになるからだ。その時点で、銃弾《じゅうだん》にあらがおうとしたって無理だ。

もう一度、よく考えるべきかもしれない。志願についちゃ、おれの勇気はまだ目覚めてないらしい。じいちゃんとフィリップス先生と月の男がうまくにげられてることを祈《いの》った。おれはにげられそうにないから。

「そこのおまえ」声がした。

「おれ？」

「そうだ、おまえだ」

おれは引っぱり出された。月のはしっこに立つと、靴にあいた穴を通して銀の砂の感触《かんしょく》が感じられた。

「おれの言ったことを聞いてたか？」

将校が手に持ってる銃《じゅう》は、いかにも射撃《しゃげき》練習を必要としてるように見えた。おれは、ガネル先生がどうしてウジムシ農園主たちの仲間になりたがってたのか、わかった気がした。

「はい」おれは言った。

なぜなら、たしかに別のことを考えてたけど、ちゃんと聞いてたからだ。やつらは志願者をつのってた。ただあいにく聞きそこねたのは、なんの志願者かってことだ。

おれは手をあげた。弾丸《だんがん》をぶちこむ頭を求めてた将校はがっかりしたように見えた。アオバエの一人が、おれを引っぱっていった。

81

同じ年くらいの少年が、あと二人いた。二人は志願してなかったけど、やっぱり外に引きずり出された。女の人が少年の名前をさけぶのが聞こえた。その少年は、おれよりちょっと年上《としうえ》だったけど、すっかりおじけづいてた。おれたちは月のセットとは別の方向に連れていかれた。コンチクショウ、もう少しちゃんと聞いとくんだった。おれは、あのくさい便所の掃除《そうじ》に志願しちまったのかもしれない。さんさんと照っている太陽の下に出ると、駐車場があって、月の男がおれとフィリップス先生に説明してくれた、銀色のひし形みたいな大型トラックがずらりと止まってた。そうか、これだ。ここにいる何千という月の作業員たちは仕事を終えたら、すてきなせっけんをもらってすてきなガス風呂に送られるんだ。

ここにあるものを見れば見るほど、このスタンディッシュ・トレッドウェルになにかできるかもしれないなんていうあまい考えはしぼんでいった。ここにいる連中と同じようになるだけだ。ウジムシのえさに。二人の少年はひどくやせてたから、おれは目立った。そのせいで、よけい心配になった。それでも、ここで見かけたほかのやせこけた人たちに比べれば、二人はましだった。だからって、安心はできないけど。わなかもしれない。昨日の夜、革コートの男はトンネルを見つけて、じいちゃんとフィリップス先生と月の男を逮《たい》捕《ほ》したのかもしれない。それで、おれがなにをしてるか、知ってるのかもしれない。ここには、アオバエと将校たちがうじゃうじゃいる。こんな大勢のアオバエたちをいっぺんに見たのは、初めてだった。昆虫の巣に入りこんじまったみたいだ。

便所の横を過ぎ、待ってるトラックの前も通りすぎた。おれはほっとした。いや、これがほっとしていいことであるように、祈《いの》った。

腹がへってると、あらゆるものが貧弱《ひんじゃく》に見える。こんなふうに生きるのはおかしければ、銀色のひし形の中で死ぬのもおかしい。

82

研究所は効率優先のぶかっこうな建物で、屋根の上ででかいマザーランドの国旗がはためいてた。あそこでやつらが実験をしてるのは、わかってた。月の男が教えてくれたからだ。

おれたち三人は階段をのぼらされ、長いろうかを歩いていった。体重と体のサイズを測られた。もちろん、おれがいちばん重かった。そのせいで正体がばれないことを、おれは祈《いの》った。そのあと、それぞれ番号をピンでとめられ、細長い部屋に入るよう言われた。奥にあるのはマジックミラーだった。そっちを向いて立ち、次に横向きになるように言われた。ガラスのうしろから見てる、だれだかわからない男が番号を言い、おれが最後に残された。

おれが一位になったか、ビリで時間切れってことか、どっちかだ。しずみかけたこの船で、おれはいいほうに考えようとした。でも実際は、はきそうなほどおびえてた。

おれは警備兵にひったてられ、さらに先のろうかを歩いていった。のぞき窓のついた二枚のスイングドアを開けると、天井《てんじょう》の高い広い部屋に出た。天井《てんじょう》の近くに金属の梁《はり》が渡され、ロープがたれている。床《ゆか》には砂袋《すなぶくろ》がおかれ、正面の壁に窓がひとつあった。おれはだれかに見られるけど、こっちからそのだれかを見ることはできないってわけだ。一瞬、クソッ、このまま首をつられて、コッカ・コーラスも飲めず、キャデラックも運転できず、一生女の子とキスもできないまま死ぬんだ、と思った。すべての「できなかった」をたずさえたまま、おれは死ぬんだって。

やつらはおれに、ロープの先にさがっている装着帯を取りつけた。さらに砂袋《すなぶくろ》がつけられ、おれは重みでぐっと下にさがった。宇宙服と重力ブーツ姿の男が入ってきた。おれたちのところにいる月の男が着てたのとそっくりだけど、ずっときれいだ。顔は、金色のガラスのバイザーが光ってるせいで見えなかった。その男にも、なにかがつけられた。それがなにかは、見えなかった。

白衣の男が言った。「わたしたちの指示にしたがって、あがったりさがったりしろ」

おれは言う通りにした。そして、おれが必要な理由がわかった。おれの足が地面を離れる。すると、反対側にくっついてる宇宙飛行士が、ほとんど見えないワイヤーで宙づりになる。どういう原理かはわからないけど、おれがあがったりさがったりすることで、宇宙飛行士は床《ゆか》からうかびあがり、重力がないように見えるしかけだった。ロープは、梁《はり》にそって前後に動くようになっていた。

しばらくして、これ以上続けられないってくらい、のどがからからになった。装着帯をつけてると、暑いんだ。だから、おれは動きを止めた。もうあがったりさがったりするもんか。警備兵がやってきた。ガネル先生の双子《ふたご》の弟かもしれない。だとしたら、かつらはかぶってないほうってことになる。先生もその男も、「おまえを殺してやる」的オーラを発し、先生もその男も、後頭部が断崖絶壁《だんがいぜっぺき》だった。

「とべ」男はおれをついた。

宇宙飛行士は立ったまま、待っている。かまいやしない。おれは水がほしかった。

83

なにやってんだ。おれは自問した。警備兵はひき肉にしてやりたいって顔でおれを見てる。おれは計画を実行する唯一《ゆいいつ》のチャンスをみすみすのがしたんだ。じいちゃんの言葉を世界に見せる、たったひとつのチャンスを。なんのために？　たった一杯《いっぱい》の水のためにだ。

おれがそんなことを考えてるあいだに、宇宙飛行士は部屋を出ていった。白衣の男が現われた。男は警備兵を呼びよせてなにか言った。すると、警備兵も出ていったので、おれと白衣の男だけになった。

白衣の男はおれをまっすぐ、いや、どっちかっていうとゆがんだ視線でじっと見つめた。まるで宇宙人を見てるみたいに。ジュニパー星からきたんだって言ってやりたくなった。でも、言わなかった。代わりに、おれはセメントの床《ゆか》をじっと見つめた。

すると、白衣の男が口を開いたので、おれは顔をあげた。「これができたのは、おまえが初めてだ。ほかの者たちとちがって、おまえは健康だな」

「どういう意味です？」

「スタミナがあるということだ」

「新しく入ったんです」

白衣の男は答えなかった。言わないほうがよかったかもしれない。

だから、警備兵が水の入ったコップを持ってもどってきたのを見たときは、ほっとした。茶色のパンも持っていた。

茶色のパン《ブラウンブレッド》。

「死」を意味する隠語《いんご》。

おれは飲んだ。食べた。

パンと水はいいきざしだと思おうとした。またおれに装着帯を取りつけるつもりだろう。

だが、そうじゃなかった。ガネル先生の弟に似た警備兵は、おれを部屋から連れだした。

どこへ？　おれはビクビクしまくった。考えるだけで頭ががんがんする。今度こそ、おれは確信した。革コートの男がトンネルを見つけて、2と2をつなぎ合わせて5にしたんだって。きっと白衣の男がおれのことを報告したんだ。だが、少なくともおれはまだ歩いてる。それはいい兆候《ちょうこう》だろう。おれたちはまた、月のセットのところへもどった。それでやっと気づいた。コンチクショウ！　おれは重力の反対はしの重し役に失格になって、ほかの何千っていう作業員たちと月の表面を掃除することになったんだ。でも、そっちのほうが装着帯を取りつけられてるよりは、例のベルトを持って走っていきやすいかも、と自分をなぐさめた。

だが、その考えは窓から放り投げられた。

おれは、でこぼこした月の表面に作られたみぞのところへ連れてかれた。みぞは細長くて、先のほうはカーブしてる。深さはかなりあり、おれが中をいったりきたりしても、外からは見えないだろう。

みぞの中に、茶色の作業服を着た男がいた。おれはみぞの中におろされ、男がリュックサックの肩にかけるひもに似た装着帯をおれの体に取りつけた。おれは、男がとめ金をとめるようすをじっと見てた。それから、男は装着帯に見えないワイヤーをつけた。

みぞの中からはなにも見えやしない。クソッ。すると突然、足が地面から離れ、茶色の作業服の男が、あやつり人形みたいにおれをあちこちへ動かした。

そう、おれはあやつり人形ってわけだ。飛行士に重さがないように見せるための重さなんだ。おれは動けなくなるまで、みぞの中を前へうしろへとはね続けた。

84

かなり遅い時間だろう。頭がくらくらして、使い物にならない。ようやく、装着帯を外してもらえた。頭にきざみつける。見えないワイヤーのとめ金はわりあいかんたんに外せる。心配なのは、このみぞからすばやく出られるかってことだ。出られなければ、ベルトをかかげることもできなけりゃ、世界が知ることもない。

志願作戦は、最高のアイデアとは言えなかったんじゃないかと思いはじめた。すると、茶色の作業着の男が、みぞの壁に階段がある場所を教えてくれたので、めちゃめちゃほっとした。階段の場所を覚え、のぼるのにどのくらいかかるか、計算する。見えないワイヤーをなんとか外してから、の話だ。あとは、ベルトを外しながら、全速力で月面まで走るだけだ。

あいかわらず、「そのあとは?」に関しては、なんの考えもなかった。そこまでいけるだけでも、万々歳《ばんばんざい》だ。

みぞから出ると、ガネル先生の双子《ふたご》が待っていた。

85

「ついてるな」警備兵は言った。「おまえの前のガキは死んだんだ」

警備兵はおれを連れて、金属のらせん階段をおりはじめた。ぐるぐる、ぐるぐる、果てしなく続いてるように思える。いちばん下までおりると、どこまでも続く真っ白いろうかが現われた。小さな笠《かさ》のついた照明がまん中にずらっと並び、目のくらむような三角形のまばゆい光を投げかけてる。両側に金属のドアが並んでる。上のほうに潜水艦《せんすいかん》のぶ厚い窓ガラスがついていた。

おれたちはさらに歩き続けた。これのどこがついてるのか、さっぱりわからない。警備兵の軍靴《ぐんか》の先についている鋼鉄《こうてつ》の立てる音が、軍隊が行進してるみたいにひびく。おれたちの足音をのぞけば、ここは不気味なほどしずかだった。だれもいないみたいだ。生きたまま葬《ほうむ》られるような気持ちになる。金属と土のにおいがする。

なおも歩き続けた。

さっき警備兵が言ったのはどういう意味だろう？　おれも死ぬってことか、それとも明日があるってことか？　でも、きかなかった。きいたりすれば、教えないっていう楽しみをやつにやることになるだけだ。するど、警備兵は、ほかのとそっくりなドアの前で足を止めた。鍵《かぎ》を開けて、ドアをおしひらく。まっ暗でなにも見えない。おれの予想どおりかもしれない。ここで、だれにも気づかれないまま、朽《く》ち果てるのかもしれない。

警備兵はおれをドンとおすと、ドアを閉めた。鍵《かぎ》をかける永遠の音がした。

おれは、なにも見えないところで見ようとした。この独房《どくぼう》が広いのかせまいのかすらわからない。じめじめした闇《やみ》が感じられるだけだ。一人じゃないと気づいたのは、しばらくたってからだった。だれかいる。そのだれかがしゃべった。

「きみの両親もつかまったのかい？」だれかは言った。「どのくらい愛されてた？」おれは答えなかった。ひどくかすれてたけど、その声をおれは知っていた。「最後にきた男の子は、そんなに愛されてなかったんだ。やつらはさ、彼を殺したんだよ」

おれは手を前に出し、じりじりと近づいていった。

「おれに近づくな」彼は言った。おれは進み続けた。「近づくなって言ってんだ！」

おれは止まらなかった。そして、近くまで、ささやき声が聞こえるくらいの距離まで近づいたと思ったとき、おれはそっと言った。

「ヘクター。スタンディッシュだよ」

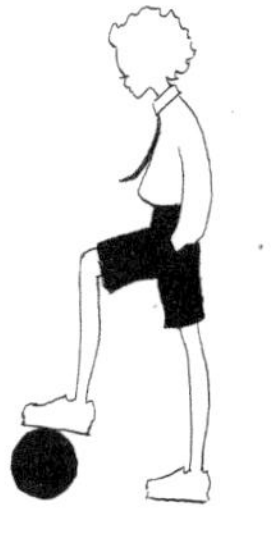

86

ヘクターの顔は見えなかった。声しか聞こえない。ヘクターはすみの暗がりでちぢこまってた。おれはとなりにすわった。

ヘクターが体をよせた。

ヘクターが傷ついてるのが、わかった。

ヘクターのことは、自分の顔よりもわかってたから。

ヘクターの考えてることも、わかった。

スタンディッシュのやつがいったいどうしてここに、って考えてるんだ。

「なにされたんだ？」おれはきいた。

「たいしたことじゃないさ。まだ指は八本ある」

「十本あるはずだろ」

「小指は、やつらがパパに渡したよ。ママを撃《う》ったあとに」

ヘクターの声は弱々しかった。ほとんど聞こえないくらい。

「わからないよ。どうして？」おれはきいた。

「パパに、今回こそは本気だって知らせたかったからさ。もしまた偉い連中に協力しないって言ったら、今度はおれを殺すってこと。じわじわとね」

ヘクターは苦しそうに息をした。

「きみのパパはなにをしてたんだ？」

ヘクターは考えていた。口に出してはいけない秘密だから。でも、おれは答えを知ってる。ヘクターが話してくれれば、信じる。

「パパは、政府おかかえの科学者だったんだ」ヘクターはささやくような声で言った。「パパは、月に人間を送りたいって夢を持ってた。大統領がその夢を気に入ったんだ。でもそれから、パパは大統領のために働くことを拒否《きょひ》した。マザーランドがどんなふうに労働

者たちをあつかっているか、知ったから」ヘクターの声は今にも消えそうで、必死で息をすいこむように話した。「やつらは、パパのような人のことを〈冬眠者〉って呼んでる。いつかパパは目覚めさせられることになるって、わかってた。連中にはパパが必要だから」

にせものの月を、宇宙船が着陸したり、宇宙飛行士が歩いたりできるくらい本物っぽく見せるには、科学者が一人二人必要だってことだろう。

ヘクターは消え入りそうな声で続けた。「パパが、言われたことをやれば、おれに食事が与えられ、包帯も新しいものに替《か》えられる。やらなければ、また指をなくすことになるってわけさ」

87

いきなり明かりがついたので、なぐられたような衝撃《しょうげき》を感じた。ヘクターは目を開けた。聞かれてたかもしれない。おれは、しゃべりすぎたか？　ヘクターは？　明るすぎて、一瞬《いっしゅん》またなにも見えなくなった。ヘクターはビクッと体を引いた。そして、目の焦点《しょうてん》が合うと、幽霊《ゆうれい》かなにか見るみたいにおれを見つめた。

「おまえが夢でありますようにって思ってた。おれをなぐさめるためにいい夢がおとずれたんだって」

ヘクターもはっきりと見えるようになった。透《す》けてるみたいだった。包帯はうすよごれ、新たに血がしみ出してる。でも、大丈夫だ。おれにはわかってる、ヘクターなら大丈夫だって。おれはヘクターを引きよせ、ぐっとだきしめた。このまま離さなければ、きっとヘクターはよくなる。

「じいちゃんのことも逮捕《たいほ》したのか？」ヘクターはたずねた。

「いいや」おれは小声で言った。

「どうしておまえだけなんだ？」

「自分からきたんだ、おまえを連れ帰るために」

「自分からきたって——まさか、トンネルから？」

「ああ」と、おれ。

「おまえはバカか？」

「かも」

ヘクターは笑った。苦しそうな笑い声だった。でも、少なくともヘクターをおもしろがらせてやれた。

「スタンディッシュ、おまえのイカれた勇敢《ゆうかん》なアイデアっていうのは、なんなんだ？」

「いいアイデアさ」おれは言った。

警備兵がついてると言ったのは正しかったと、認めるしかない。ヘクターを見つけられたのは、今までのところ、いちばんのツキだ。すべてうまくいくっていう、きざしかもしれない。あとは、うまくいくって信じればいいんだ。

ヘクターが小声で言った。「ずっとおまえのことを考えてた」

「おれが、コッカ・コーラスの国に連れてってやるからな。覚えてるか？　でかいキャデラックっていうのに乗っていくんだぜ」

「色は？」ヘクターがきいたので、おれは不安になった。忘れてるはずがない。何度も何度も話したんだから。

「スカイブルー」おれは言った。

ヘクターはせきこんだ。よくないせきだ。深くて、棺《かん》おけを連想させる音がする。

人間っていうのはどうしてこんなに残酷《ざんこく》なんだ？

どうしてだよ？

88

明かりが消えた。

「ずっとやってるんだ。つまり、つけたり消したりつけたり消したり。おれの頭をおかしくしようってことだろ。たしかに効果があるような気がするよ」ヘクターは言った。

ヘクターに暗いことを考えてほしくなかった。でも、こんなまっ暗なブリキ缶《かん》の中じゃ、何を言ったって明るく聞こえやしない。

「痛むか？」おれはきいた。「手は？」

「ああ。いや」

ヘクターはおれに頭をもたせかけた。燃えるように熱い。おれは、石のことを話そうと思ってたけど、ここからにげることしか考えられなくなった。ラッシュさんを探さなきゃ。ヘクターには薬がいる。ヘクターの顔が見られれば。聞こえるのは、ヘクターの胸がヘビみたいにシュウシュウいってる音だけだ。

言葉は、音をおおいかくしてくれる。

だから、おれはしゃべった。「おまえがいなくなってから、でかい穴があいたんだ。あんなでかい穴が心にあいてちゃ、まともに歩き回ることもできなかった」

ヘクターはなにも言わなかったけど、聞いてるのはわかった。今のおれには、薬代わりになるものは言葉しかなかった。

「おまえは無意味な世界に、意味をつくってくれた。おまえが宇宙の靴をくれたから、おれはほかの星を歩けるようになった。おまえがいないと、おれは迷っちまうんだ。左も右もない。明日もない。延々と昨日が連なってるだけだ。今、なにが起ころうと、かまいやしない。もうおまえのことを見つけたんだから。だから、おれはここにきたんだ。おまえのために。愛するおまえのために。親友のた

めに。兄弟のために」

ヘクターは言った。ねむそうに。「サッカーボールなんか、探しにいかなきゃよかったな」

それについて、おれに言えることはなかった。見えるのは、ヘクターの言葉のあいだにある空白だけだった。

ヘクターの声がだんだんと小さくなった。ねむったのだ。聞こえるのは、ヘクターのやすりみたいにきしむ呼吸の音だけになった。

89

おれはビクッとして目を覚ました。一瞬《いっしゅん》、自分がどこにいるのか、わからなかった。明かりがまたついていた。ドアがいきおいよく開き、ガネル先生似の警備兵が食べ物をのせたトレイを持って入ってきた。警備兵はそれをおれの前においた。本物の食べ物だ。においをかぐだけで、つばが出た。

「食べろ！」

おれはトレイをヘクターのほうへ持っていった。

「だめだ。おまえだけだ」

「いやだ。彼が食べられないなら、おれも食べない」

警備兵はおれの頭を引っぱたいた。

「命令だ、食べろ」

こっぴどくなぐられる、と思った。ヘクターはすみのすみにちぢこまり、壁に体をおしつけてる。警備兵がおれの頭がい骨を打ちくだきたくてうずうずしてるのが、わかる。やつのたるんだ脳《のう》みその中で、考えがうず巻いてるのが見える。でも、おれは賭《か》けに出た。やつはまだ、それをしていいという指示は受けていない。殺していいのは、宇宙飛行士が月に降り立ち、世界が豆鉄砲を食ったあとだ。警備兵がトレイを持って出ていくと、おれの心臓はようやくまた鼓動《こどう》しはじめた。なぐるなぐらないに関しちゃ、どうやら正しかったみたいだ。ドアがバタンと閉まった。うっとりするような食べ物のにおいだけが残った。

「なにしてんだよ、まぬけ」ヘクターが言った。

「二人とも食べるか、二人とも食べないかだ」

「スタンディッシュ、ここではだれも食べ物なんてもらえない。楽しい行楽地なんかじゃないんだ」

「たぶんおれには力がある」

「おい、スタンディッシュ、おまえの夢見る頭はどうかなっちまったのか？」

だから、おれはロープのことを話した。おれがどうやって、宇宙飛行士が重力なしで歩いてるように見せるのか、説明し、巨人と石のことも話した。

ヘクターはじっとおれを見つめた。

「おれたちは宇宙ロケットも作った、だろ？　ジュニパー星にいくはずだったんだ。もう少しでいけるところだった。やつらがおまえを連れてかなきゃ、今ごろジュニパー星だったんだ」

ヘクターは、イカれてるって言おうとしたように見えたけど、言わなかった。そして、うしろの壁に頭をもたせかけた。涙がほおを流れ落ちるのが見えた。

「おまえの言うとおりだ」ヘクターは言った。「あのロケットでにげられるはずだったのに。にげられなかったのは、おれのせいだ。おれはおまえみたいには、信じられなかった。ダンボールの向こうを見ることができなかったんだ。でも」と、ヘクターは言った。「今回は、スタンディッシュ、おまえを信じる。全身全霊《ぜんれい》でおまえを信じる。石を投げられるやつがいるとすれば、それはおまえだ。この地獄《じごく》からおれを救い出してくれるやつがいるとすれば、それはおまえなんだ」

90

　足音が聞こえた。鍵《かぎ》がまわる。クソッ、これからどうなる？　結局のところ、やつらは警備兵におれの脳《のう》みそをぶっつぶす許可をやったかもしれない。

　警備兵は、もう一人の警備兵を連れてた。そしてそのうしろに、小柄《こがら》な男がいた。頭が大きくて体が小さいから、頭を棒の上につきさしたみたいに見える。その男は白衣を着てた。警備兵たちはヘクターを立たせた。ヘクターの脚《あし》ががくんと折れた。おれの全身の骨を折りたがってた警備兵が、ヘクターを肩にかついだ。

「どこに連れてくつもりだ？」おれはどなった。「彼に手を出すんじゃない。さわるな」

白衣の男は片手をあげただけだった。

「彼をおろせ」おれはわめいた。「手を出すな。彼にそのきたない手でふれるな。傷つけたら、おまえらのためにはなにもしないからな」

おれはただの虫だ。二番目の警備兵がおれをはらいのけ、ヘクターがいたすみの方につき飛ばした。床《ゆか》がぬれてた。ヘクターがもらしたのだ。やつらは出ていった。ドアがバタンと閉まった。おれは立ちあがり、ドアに体当たりした。何度も何度も。明かりが消えた。

91

闇《やみ》の中にいた。時間はおれを忘れた。どのくらいすわってるか、もうわからなかった。おれと、音楽をかなでるすきっ腹と。おれはじいちゃんのことを考えた。フィリップス先生と月の男のことを考えた。にげられただろうか。ヘクターのことを考えて、涙のことを気に病むのをやめた。こんなに暗いんだ、だれに見られるっていうんだ？　あらゆる「もしも」の可能性が頭の中でうず巻く。おれは泣くまいとした。本当にがんばった。のどにでかいかたまりがあって、怒《いか》りで窒息《ちっそく》しそうだった。

頭を冷やさないと。天まで舞いあがっちまうわけにはいかない。今はまだ。落ち着くんだ。月みたいにくるうな。月みたいに悲しむな。月みたいにバカになるな。

今、だれになりたい？　今、この瞬間《しゅんかん》に？　おれはジュニパー星人になりたい。そうしたら、さんぜんとかがやくおれの夢想でもってヘクターを救い、ここにいる何千という人々を助けるんだ。問題は、ジュニパー星人にすら、それはちょっと荷が重すぎるように思えることだ。おれにも、重すぎるかもしれない。

いや、そんなふうに考えちゃだめだ。

でも、もしおれがぜんぶまちがってて、石を投げる力なんてなかったとしたら？　おれがいろんなことを取りちがえるのは、これが最初じゃない。明日になれば、やつらは、もっと協力的なおびえきったガキを見つけて、装着帯にぶらさげるかもしれない。

でも、そっちのほうは、そこまで心配してなかった。ヘクターのことが心配だったから。また指を切られてるんじゃないかと思うと、おれはは きそうだった。

92

おれは心臓が鼻の穴から飛び出しそうなほどおどろいた。明かりがついて、警備兵その一が入ってきた。もう少しでばかげたことをさけびそうになった。おれはどうしてこんなところにいるんだって。恐怖のせいだ。言いたくてたまらなくて、言葉がせりあがってくる。屁《へ》がのどにきたみたいに。目を閉じる。殺されるなら、見ないほうがいい。

なにかが引きずられて入ってくる音がした。おれは目を開けた。警備兵たちが、うすっぺらいマットレスを二枚、床《ゆか》に敷いた。それから、ヘクターを運んできた。ヘクターの手には新しい包帯が巻かれ、服も別のものに変わってた。

ヘクターはマットレスに横たわり、ガタガタふるえた。

警備兵が食べ物ののったトレイをふたつと、毛布を持ってきた。おれはヘクターに毛布をかけてやった。こごえそうだ、とヘクターは言った。でも、ヘクターの肌《はだ》にふれると、フライパンみたいだった。

「食べろ」警備兵が命じた。

魚のフライとポテトだった。でかいレモンがついてる。〈ゾーン1〉の食事だ。本物のレモンを見たのは初めてだった。においをかいでみた。太陽の香りがした。灰色の独房《どくぼう》で、唯一《ゆいいつ》の色。おれは食い、皿をなめた。ヘクターは、自分のぶんに手もふれてなかった。

「なにか食べないと。よくならないよ」おれは言った。

ヘクターのぶんを切ってやると、ヘクターはいちばん小さな一切れだけ、食べた。

「あとはおまえが食べてくれ、スタンディッシュ」ヘクターは言った。

おれは腹ペコだったので、言われたとおりにした。ヘクターがそんなに具合が悪いなんて、考えたくなかった。考えられなかったんだ、どうしても。ヘクターは顔をそむけて、目を閉じた。おれは食った。皿まで食えそうだった。

警備兵がトレイを持っていった。ドアに鍵《かぎ》がかけられ、明かりが消された。

月の光だけが、差しこんでいた。

「ひどく寒いんだ」ヘクターは言った。おれはヘクターに腕をまわし、体のふるえが止まるよう、燃えるように熱いのが治《おさ》まるよう、祈《いの》った。

「父に会ったよ」ヘクターが耳元でささやいた。

「よかった」

「おまえがここにいることを知ってた。月の男と会えたかどうか、きいてたよ」

「会えてない」おれは言った。

むかしのヘクターなら、こんなことでだまされなかっただろう。前はヘクターにはかくし事なんてしなかった。今回だけだ。おれは恥《は》ずかしかった。でも、ヘクターが知ってしまって、やつらがまたヘクターの指を切り落としたら？　自分だったらどうするか、わかる。おれはぜんぶはいちまうにちがいない。だから、これはおれの中だけにとどめといたほうがいい。

もうねむったと思ったとき、ヘクターは言った。「うそだろ」

93

ヘクター以外のことはどうでもいい。ヘクターは今だ。今この瞬間《しゅんかん》だ。今だけなんだ。

「キスしてほしい」ヘクターが小声で言った。

ずっと、最初にキスするのは、女の子だと思ってた。でも、今、そんなことはどうでもよかった。おれはヘクターにキスした。それから、キスされた。あこがれと共に。おれたちが一生手に入れることのできない人生へのあこがれと。

「愛してる」ヘクターはささやいた。「勇敢《ゆうかん》でイカれためちゃくちゃなやつだよ、おまえは」

おれは言った。「ヘクター、どこにもいかないでくれ。おまえがいなきゃ、おれはなにもできない」

「ずっといっしょにいるよ。絶対に離れない。約束する。おれは約束は破らない」

おれたちはねむった。互いの腕の中で。

おれは恐怖におびえて目を覚ました。だれかがおれたちを引き離そうとしてる。二人の白衣の男だった。おれはマットレスから引きはがされた。おれは、ぼうぜんと見ていた。やつらはヘクターの上にかがみこんで、胸の音を聞いていた。

「どうしたんだ？」

「どいてろ」白衣の男が言った。

おれは無視した。白衣の一人が、マザーランド語で同僚《どうりょう》になにか言ってる。やつらが言ってることなんて聞きたくなかった。いいことじゃないって、わかってた。いいことじゃないのは、わかる。ヘクターをひと目見れば、すぐにわかる。ヘクターの顔は土気色《つちけいろ》だった。

「ヘクター……」

「スタンディッシュ……」

ヘクターはひどく苦しそうだった。

警備兵がおれを外へ連れだそうとした。白衣が止めた。おれはヘクターのかたわらにひざまずいた。ヘクターが耳元でささやいた。

「アイスクリーム色のキャデラックを探しにいくよ」

答える時間はなかった。警備兵たちはブヨ並みの忍耐《にんたい》しか持ちあわせてなかった。おれは無理やり立たされた。おれは抵抗《ていこう》した。どうなろうと、かまいやしなかった。

「ヘクター」おれはさけんだ。「待って——おれをおいていくな……」

廊下《ろうか》の向こうからラッシュさんが走ってきた。おれを見たかはわからない。百歳くらい年《とし》とってた。灰色だった髪が、真っ白になってる。独房《どくぼう》に着く前から、ラッシュさんの心はヘクターといっしょだった。

ヘクターがなにをしようとしてるかは、わかってた。ここから全力でにげようとしてるのだ。自分に心底正直になれば、本当はずっとわかってた。ヘクターを責める気はない。ただ、おれのことを待ってほしかっただけだった。これが世界のまわり方だっていうなら、おれもこんなところにとどまりたくなかった。

94

おれたちの命はあと一日めぐるあいだだけだ。そのあと、ここで働いていた者は全員、消される。日にちがわからないっていうのは、いい。でも、おそらくだれひとり、あんな結末になるとは思ってもいなかっただろう。

おれの上には、赤と銀のでかい空飛ぶ円盤《えんばん》がぶらさがってた。それがなにか、おれは知ってた。目も耳も使えなくて、おまけにイカれてるっていうんでもなきゃ、わかるに決まってる。世界中のあらゆる新聞が書きたててきたんだから。月面着陸船だ。軌道《きどう》をまわってるロケットから離れ、〈ゾーン7〉の月面に着陸するやつだ。

すばらしいほど役立たずに見えた。

おれは昨日と同じ月面のでこぼこの中にある、同じみぞに連れてかれた。カメラが位置についていた。大きくて、不細工なやつだ。

昨日の男がおれに装着帯を取りつけた。茶色の作業着の男だ。男がとめ金をとめてるあいだに、ちょうどいい重さになるよう砂袋《すなぶくろ》がつけられた。そのときがきたら、とめ金を外すだけの力が自分にあることを祈《いの》った。服の下で待機してるベルトが腹にすれるのを感じた。どうやってこれを取り出すか、まだ考えてなかった。それが、現時点でのいちばんの問題だった。

頭上にうかんでるクレーンのアームから、監督《かんとく》がでかい声で指示を飛ばした。一時間以内、いやもしかしたらもっと早く、この映像が世界に発信されるのだ。今日は昨日とちがって、みぞの中に小さなテレビがあって、茶色の作業着の男が外のようすを見られるようになっていた。おれはほっとした。

赤い空飛ぶ円盤《えんばん》がウィーンと音を立てて、地上にしばりつけられた月のほうへおりてきた。空気がふきだし、砂がちって、まさに完璧《かんぺき》な着陸場面だ。でもこれが本当なら、今ごろ中の宇宙飛行士は黒こげだ。自由な世界はそれくらいわかってくれそうなもんだけど、実際は、あらゆるものが人類の手中にあるっていうぞっとしない理論のほうが、お好みなんだろう。

95

ワイヤーの反対側の重みでグイッと引っぱられ、地面から足が離れた。宇宙飛行士が、月面に飛びおりたのだ。

「カット」クレーンの男がどなった。「足あとは？」

パニックを起こした男が、靴の鋳型《いがた》を持ってきた。靴の鋳型《いがた》は死後硬直《こうちょく》を起こしてて、ぴったりの位置におけそうだ。あとがつかないよう靴を布でおおった男たちが慎重《しんちょう》に長さを測定し、宇宙飛行士が最初に足をおろすはずの場所に足あとをつけた。

茶色の作業着の男が、飛行士が着陸船から出てきたときに、おれがどこにいけばいいのか、場所を指示する。これを何度も何度も練

習した。それから、旗を立てる場所について、またひともんちゃくあった。その旗っていうのがまた問題だったんだ。

　ウォームアップ代わりに、おれは作業着の男に上げ下げしてもらい、こつをつかんだ。どこへおり、どこへ飛ぶべきかを示す印がつけられた。でかいヘルメットをかぶってる飛行士はあいかわらず、旗を立てるために特別に作られた穴が見えないようだ。そこでやつらはＹとＸが交差する地点に、岩を使って印をつけた。旗がたなびいた。赤と黒の旗なら、なんでもいいんだ。

「カット」監督《かんとく》が言った。

96

ついにそのときがきた。おれは、今までにないほどびくついてた。おれが失敗すれば、すべてが無になる。宇宙飛行士は、作業員たちの手を借りて着陸船にもどり、照明を消した屋根まで、着陸船ごと巻きあげられた。本物の月が見なけりゃいいけど、とおれは思った。笑いすぎて、空から落ちてしまうかもしれない。問題は笑い事じゃないってことだ。おれはまだ、どうやって服の下からベルトを取り出そうか、考えられてなかった。あの文字を世界に見せたあとのことも、考えてなかった。

心臓が一気に靴の底の穴までしずんだ。ガラスにかこまれた見学室に、見慣れた人物の姿が見えたのだ。革コートの男だ。おれを探してるんだ。つまり、ふたつのうちどっちかってことだ。じいちゃんとフィリップス先生と月の男はにげられなかったか、もしくは、じいちゃんたちはにげて、革コートの男がトンネルを見つけたか。

おれはみぞの中にかがんでた。それまで茶色の作業着の男はずっといっしょにいたが、ふいにみぞからはい出ていった。見ていたが、上まであがるのにそんなにかかってなかった。作業着の男は、風を起こす機械を使うことについて反論しはじめた。月には大気がないから、旗がはためくことはない。

おれは必死になってじいちゃんのベルトを外そうとして、リボンがついてるのを見つけた。そのときがきたらさっと取り出せるようになってるんだ。結び目がほどけ、おれはほっと息をはいた。じいちゃんはうまく作ってくれてた。リボンはちょうどおれの手がとどくところについてた。

警備兵の足が見える。おれを見張るのが役目のはずだけど、こっちを見てない。それどころか、着陸船が所定の位置に巻きあげられるようすに、見入ってる。すると、警備兵の足の横に、ピカピカにみがかれた靴が現われた。はっとしてまた見学室のほうに目をやると、革コートの男はいなくなっていた。目の前に立ってる。こっちに背を向けて。警備兵に、十五歳くらいの左右の目の色がちがう少年を見なかったか、たずねてる。

コンチクショウ。こんな目と鼻の先じゃ、つかまっちまう。

「なにしてるんだ?」茶色の作業着の男が革コートの男に向かってどなった。「月面からどけ」

「スタンディッシュ・トレッドウェルという少年がかくれている可能性はありませんか？トンネルの跡《あと》を見つけたんです」

でかエリ服のエリートの一人がやってきた。

「どけ。今すぐに」

「二人の容疑者が行方《ゆくえ》をくらましているんです。われわれが思うに……」革コートの男はなおも続けた。「われわれが思うに、行方《ゆくえ》不明の飛行士もいっしょなのではと」

でかエリ・エリートは言った。「なら、おまえはここでなにしてるんだ？」

おれは小おどりした。じいちゃんたちはにげられたんだ。

「カウントダウンまで十分」クレーンの監督が大声で言った。

「さっさと探しにいったらどうだ」でかエリは言った。

でかエリが指をパチンと鳴らしたのかもしれない。なんにしろ、おれの目の前から革コートの男の革靴は消え去った。

それでも、やつが完全に消えたとは思えなかった。おれはまだナンキンムシみたいにびくついてた。

97

「大統領閣下《かっか》です」アオバエが、でかエリ・エリートのところへきて言った。そして、長い線のついた電話を差しだした。
でかエリ・エリートは電話を受けとると、気をつけをして、マザーランドの敬礼をした。やつはひと言もしゃべらなかった。そしてまた敬礼して、アオバエに電話を返した。
「大統領閣下《かっか》からの命令だ。旗は風になびかせろ」でかエリは命令を下した。
風の機械が移動させられ、全員が位置についた。カウントダウンが始まった。

おれは気づいた。ヘクターがそばにいるのに。

「大丈夫だ、スタンディッシュ」ヘクターはそっと言った。「いっしょにやればできる。いつもやってたみたいに」

「でも、つかまっちまったら?」

ヘクターはほほえんだ。「つかまらないさ」

おれもわかってた。

98

チクショー、警備兵と茶色の作業着の男がぎらついた目でおれを見張ってるっていうのに、どうやってワイヤーのとめ金を外す？

「待機」クレーンの定位置から監督《かんとく》がどなる。

世界の目がおれたちに向けられる。テレビの画面に、月面のひび割れた映像が映し出された。

着陸船は完璧《かんぺき》な着陸を決め、銀色の砂が舞いあがった。空気の噴出《ふんしゅつ》は前より派手で、ミニチュアの砂嵐《すなあらし》が起こる。茶色の作業着の男は、目の前の光景にくぎづけになってる。

着陸船のドアがすっと開き、宇宙飛行士が現われた。飛行士はふわふわと階段をおりてきた。唯一《ゆいいつ》のミスは、足あとより一センチほどずれたところに足をおろしたことだけど、気づかれるほどじゃない。

両足が地面につくと、飛行士は言った。「これで、マザーランドの敵どもに、われわれこそが永遠なる支配者だと証明できた」

そしてとうとう、さんざん練習した月面歩行が始まった。おれにはできる。できるとわかってる。そのことだけを、考えてきたんだ。ずっと、そう、ヘクターの幽霊《ゆうれい》がそばにきてから。

宇宙飛行士は半分ジャンプするように歩いてる。おれは上へ下へ、上へ下へとはねながら、印から印へ渡っていく。

だから、アオバエも茶色の作業着の男もおれから目を離したんだろう。やつらはテレビに夢中になってた。

宇宙飛行士が旗を広げた。あとひとっとびで、決められた位置につく。

ヘクターが言った。「今だ、スタンディッシュ、今だ」

それを合図に、おれはワイヤーを外した。それを合図に、おれは行動を開始した。

99

それまでうその無重力の感覚を楽しんでた宇宙飛行士は、ぶざまにつまずいてひっくり返り、旗を落とした。やつらにつかまるまで、三十秒もないだろう。おれは階段を転がるようにあがり、みぞからはいあがった。手にベルトを持って。

ヘクターがいっしょだった。おれはカメラの前に立ち、ベルトをのばして、じいちゃんの書いた言葉が見えるようにした。じいちゃんだって、見てるかもしれない。そうでありますように。

最初は、一人の弱々しい歌声だった。

はるかむかし、その足が緑の草をふみ、
それから、ほかの声が加わった。
全作業員たちの声が、この死刑場に満ち満ちた。
母国の山々を歩いたというのか?

100

一瞬《いっしゅん》、アオバエたちも革コートの男もでかエリ・エリートたちも、言葉を失って立ちつくした。まさにおれの見せ場だった。一分にも満たない、わずか一瞬《いっしゅん》の見せ場。でも、それだけで、歴史の流れを変えるにはじゅうぶんだったと思う。おれは月の上にいた。おれは石だった。ウジムシ月の番組は打ち切りになった。

マシンガンが火をふき、薬きょうが流れ星のようにおれのまわりにふりそそいだ。世界がおれを見たことを祈《いの》る。おれがマザーランドという悪夢に全身でぶつかったところを。趣味《しゅみ》の悪い建物の中を人々が四方八方ににげまどっている。ヘクターがおれに向かって手招きしてる。出口を見つけたんだ。ラッシュさんが走ってきた。

「見える？　あそこにいる」おれは言った。

「だれが？」ラッシュさんが言う。

「ヘクターだよ」

パニックを起こしてる人々のあいだを縫《ぬ》うように走って、ヘクターが教えてくれたドアへ向かう。取っ手をおしさげ、新しい日の夜明けの中へ出ていく。〈ゾーン7〉が、霧《きり》の中から立ちあがってくる。

ラッシュさんはおれをかかえた。どうしたらいいかわからずに。

「ヘクターについていこう」おれは丘の下を指さす。おれたちはにげて、転がり、草むらに身を投げ出す。今になって初めて、血に気づく。おれから流れ出てる。

「やったよ。おれやったよ、やったよね？」

「ああ、スタンディッシュ、きみはやりとげたよ」ラッシュさんが言う。「がんばれ」

自分がまずい状態なのはわかってる。それに、もうじゅうぶんがんばった。

「しっかりしろ、スタンディッシュ。大丈夫だ」

ラッシュさんの声が、遠い星から聞こえてくるような気がする。

おれを立たせたのは、ヘクターだった。ヘクターは車を見つけてきた。でかいアイスクリーム色のキャデラックを。革のにおいがした。ブライト・ブルー、スカイ・ブルー、レザーシート・ブルー。ヘクターは後部座席にすわってる。おれはさげた窓のわくに腕をかけ、ハンドルをにぎる。そして、ラッシュさんの奥さんの待つ家へ、車を走らせる。掃除《そうじ》機《き》をかけたみたいな芝生《しばふ》の家へ、テーブルにチェックのクロスのかかったピカピカの台所へ。

な、太陽があざやかな色にかがやいてるのは、コッカ・コーラスの国だけだ。手のとどかない虹《にじ》の果ての生活があるのは。

訳者あとがき

この物語は、少年スタンディッシュの回想で始まる。スタンディッシュは難読症《なんどくしょう》だ。字を読んだり書いたりすることができない。さらに、本人が最初に宣言しているとおり、話の時系列はばらばらだ。親友のヘクターが「消えた」ところから始まって、ヘクターと過ごした日々を思い返しては、また「消えた」あとにもどり、そして最後は現在へと、行きつ戻りつしながら語られる。しかし、スタンディッシュの意識の流れに翻弄《ほんろう》されながらページをめくるうち、スタンディッシュが、自分で言うように「頭がよくない」どころか、豊かな想像力とアイデアを持った少年だということがわかってくる。そして、スタンディッシュたちの置かれた状況が、驚くような陰謀《いんぼう》が、あざやかに浮かびあがってくるのだ。

＊

さて、ここからは、本書を読んだあとに読んでほしい。

スタンディッシュたちを支配しているマザーランドの月面着陸計画の全容が明らかになるにつれ、あの有名なアポロ計画捏造説《ねつぞう》を思い出した人も多いと思う。細かな「説」については、ネットを検索すれば星の数ほど出てくるが、真空であるはずの月で、アメリカ合衆国の国旗がはためいていたことや、足跡がくっきりとついていたことなどは、捏造派《ねつぞうは》の「論拠」として有名だ（もちろん、それに対する反論もある）。放射線帯については、「ヴァン・アレン帯」で検索してみると、面白いかもしれない。

マザーランドの「純血思想」や、独裁国家ぶりを見て、それぞれ思い浮かべる国がある読者もいるだろう。最後の場面で、人々が歌うのは、『エルサレム』だ。イギリスの作曲家サー・チャールズ・ヒューバート・Ｈ・パリーが、十八世紀の詩人ウィリアム・ブレイクの詩に曲をつけたものだが、ブレイクの詩の全文を読めば、作者がなぜこの詩を最後に持ってきたのかが、よりわかると思う。

この作品は、歴史の歯車がひとつ狂えばあり得たかもしれない、もうひとつの一九五六年の物語だ。とはいえ、どこかの特定の国や人々のことだけを描いた寓話《ぐうわ》ではないと思う。読んでいくうちに、スタンディッシュたちの状況が決して、よその国や過去の出来事として片付けられないことが、じわじわと感じられてくるのだ。

作者サリー・ガードナーを知っているファンは、スタンディッシュが難読症《なんどくしょう》という設定にも心を打たれるかもしれない。ガードナー自身、幼いころは難読症《なんどくしょう》で、セアラからサリーに改名したほどだった。サリーのほうがスペルが簡単だったからだ。学校でも、読み書きができないことや、靴ひもを結んだり、服をコーディネートしたりすることができなくて、いじめられたと回想している。

ところが、その後、一四歳の時にガードナーはとつぜん読めるようになる。最初に読んだ本は、『嵐が丘』。それ以降は、もうれつないきおいで本を読んだという。そして、作家になったわけだが、難読症《なんどくしょう》の主人公を描くのはこの作品が初めてだ。それも、原稿を読んだ編集者に指摘されて、ガードナーは初めてスタンディッシュが難読症《なんどくしょう》であることに「気づいた」という。無意識のうちに自分のこと(=スタンディッシュ)を描いていたのだ。

イギリスのガーディアン紙のインタビューで、ガードナーはチョーサーやシェイクスピアが、独自のつづりで言葉を自由に記していた例をあげ、言葉はわたしたちの召使いであり、わたしたちは言葉の奴隷ではない、と言っている。その言葉どおり、スタンディッシュは、ルールにしばられず、自由に言葉や比喩《ひゆ》をあやつる。最初、スタンディッシュの独特の言い回しや、「まちがい」にとまどった読者も、読み進めるにつれ、スタンディッシュの自由な言葉づかいが的確に状況を伝えてくるのに感嘆することになる。ガードナーは、難読症《なんどくしょう》は「障害」ではなく、「世界を別の見方で見られる」能力だと述べているが、まさにスタンディッシュは「一本線」ではないものの見方で世界を変えたのだ。

そんなスタンディッシュとヘクターの友情も、物語の魅力のひとつだ。訳者自身、二人の物語にひきこまれ、そこでふと頭に浮かんだのが、五十嵐大介さんの作品だった。それで今回、どうしてもとお願いし、五十嵐大介さんに装画を描いていただくという願いがかなったことは本当にうれしい。

最後に、イギリスの出版社HOT KEYから出ている電子ブックを紹介したい。これはそのサンプルだが(http://www.maggotmoon.com/ibook.php)、アルファベットと日本語の文字はちがうとはいえ、難読症《なんどくしょう》の人たちの世界を垣間《かいま》見ることができる。同じ出版社から難読症《なんどくしょう》の人でも読みやすいバージョンも発売されている。

質問にこころよく答えてくださったサリー・ガードナーさんと、編集者の喜入今日子さんに心からの感謝を。

二〇一五年五月　三辺律子

サリー・ガードナー Sally Gardner

イギリスのバーミンガムに生まれる。難読症だったが、14歳の時に克服、1993年に作家としてデビュー。主な作品に「マジカル・チャイルド」シリーズ、『人形劇場へごしょうたい』、『コリアンダーと妖精の国』など。本作は、2013年カーネギー賞ほか受賞多数。

三辺律子 さんべりつこ

英米文学翻訳家。訳書に、サリー・ガードナーの「マジカル・チャイルド」シリーズほか、マシューズ『嵐にいななく』、キプリング『ジャングル・ブック』、ネス『まだなにかある』、イボットソン『おいでフレック、ぼくのところに』、ダレーシー『龍のすむ家』など。共著に『12歳からの読書案内 海外作品』など。

SUPER! YA
マザーランドの月

2015年5月25日　初版第1刷発行

著　者　サリー・ガードナー
訳　者　三辺律子
発行者　塚原伸郎
発行所　株式会社小学館
〒101-8001 東京都千代田区一ツ橋2-3-1
電話 03-3230-5416(編集)
03-5281-3555(販売)
印刷所　共同印刷株式会社
製本所　共同印刷株式会社

ISBN978-4-09-290576-4

編集協力／清水洋美　制作／鈴木敦子　資材／斉藤陽子　販売／窪 康男
宣伝／月原薫　編集／喜入今日子